L'AVERTISSEMENT DES ABYSSES

RESTER VIVANT

L'AVERTISSEMENT DES ABYSSES

Arthur Ténor

le muscadier
L'éditeur qui cultive le bon sens

Dans la même collection

- *Barjoland* (Jean-Luc Luciani)
- *Emma* (Tess Corsac)
- *Je les entends nous suivre* (Florence Cadier)
- *Je voulais juste être libre* (Claire Gratias)
- *Juliette et Roméo* (Yves-Marie Clément)
- *L'art de ne pas être des moutons* (Christophe Léon)
- *Le 9e continent* (Dominique Corazza)
- *Le prix de chaque jour* (Mireille Disdero)
- *Le réveil de Zagapoï* (Yves-Marie Clément)
- *Pas bête(s) !* (Christophe Léon)
- *Plastique apocalypse* (Arthur Ténor)
- *Pripiat Paradise* (Arnaud Tiercelin)
- *Station Sous-Paradis* (Jean-Luc Luciani)
- *Temps de cerveau disponible* (Dominique Corazza)

Une première version de ce roman a été publiée par les éditions Grasset sous le titre Les messagères des abysses *en mars 2007.*

48 rue Sarrette – 75685 Paris cedex 14
www.muscadier.fr
info@muscadier.fr

Directeur de collection : Christophe Léon
Directrice d'ouvrage : Clémentine Pillon
Couverture & maquette : Espelette
Photographies de couverture : © Leo Lintang/123RF
© Michael Zeigler/iStock
Mise en page : Mathilde Huaulmé

ISBN : 979-10-96935-40-6
ISSN : 2493-6170
1re édition – 1er tirage

À Nathalie
qui partage avec moi le même amour
de notre maison Terre

Préface
La planète a besoin de vous

La Terre, cette planète magnifique, est bien plus fragile qu'on ne l'imagine, et la pression de l'homme, bien plus forte qu'elle ne peut le supporter. Les grands équilibres sont menacés et l'avenir de l'humanité est compromis. Nous savons, mais nous refusons d'agir. Le paradoxe est insupportable.

Il est grand temps que la prise de conscience se traduise dans les actes, individuels et collectifs. Le défi écologique, c'est une occasion magnifique de redonner du sens au progrès ; c'est aussi une occasion unique de consacrer deux nouvelles formes de solidarité : la solidarité avec l'ensemble des êtres vivants et la solidarité avec les générations futures. Faisons jaillir ce nouveau monde, respectueux du vivant sous toutes ses formes, et que chacun devienne l'avocat de la vie.

Notre avenir est entre nos mains, il faut réagir, et vite. Le développement durable est bel et bien une révolution culturelle qui devrait nous conduire à changer de comportement, produire et consommer différemment, afin d'assumer pleinement nos responsabilités. Réduisons notre impact écologique, la nature et l'humanité ont besoin de chacun de nous, là où il est. C'est un combat qui demande la participation de tous. Relever le défi pour la Terre, c'est se mobiliser au quotidien. Ouvrons le chemin, soyons citoyens de la Terre, les politiques et les industriels suivront.

Ne doutons pas que tout cheminement vers une prise de conscience soit vital, et que la voie de l'imaginaire puisse y contribuer. Souhaitons que chacun, à la lecture de *L'avertissement des abysses*, aventure d'anticipation mêlant réalisme et fiction, soit interpellé par la volonté de Jason Bastian de sauver les humains de leurs propres imprudences, et devienne à son tour un ambassadeur de la préservation de notre planète. Il ne tient qu'à nous d'entendre l'exhortation du jeune héros de ce roman :

« Que ceux qui veulent un avenir le disent et le répètent ! Ils finiront par se faire entendre ! »

et de transformer cette espérance en actes. Reprenons à notre compte cet adage d'Antoine de Saint-Exupéry : « Dans la vie, il n'y a pas de solutions, il y a des forces en marche. Créons ces forces et les solutions suivront. »

Nicolas Hulot

1

Un curieux phénomène

Base navale de Key West, État de Floride,
dans un futur pas si lointain…

Un bref tintement musical avertit le colonel James O'Neal qu'un de ses hommes souhaite le joindre. Le commandant de la base se tourne vers son écran dressé à gauche sur son bureau puis, d'un index précis, clique sur une icône en forme de téléphone. L'instant suivant, apparaît le visage d'un jeune sous-officier du département d'observation maritime.

– Oui, sergent ?

– Mon Colonel, nous avons repéré un phénomène curieux dans le secteur 4.

Le colonel esquisse un bref sourire. La dernière fois qu'on lui a signalé un *phénomène curieux*, c'était un club de plongeurs naturistes qui s'était égaré un peu trop près de la base.

— Je vous écoute.

— Le mieux, c'est que je vous affiche l'image satellite.

L'écran se couvre alors de taches sombres en forme de cigares, sur fond azur. Intrigué, James O'Neal s'avance pour être sûr que ses yeux ne le trompent pas.

— C'est quoi ? Une régate de sous-marins de poche ?

— Des baleines, Mon Colonel. Il y a des orques aussi, et quelques groupes de dauphins.

— Attendez, je vois des dizaines de signaux…

— Des centaines en fait, si l'on scanne un peu plus en profondeur.

L'officier marque un long silence méditatif.

— Nous sommes en été, n'est-ce pas ? finit-il par demander comme s'il se parlait à lui-même.

— Tout à fait.

— La migration des baleines depuis l'Arctique vers nos eaux chaudes, c'est à partir de novembre, en principe.

— Oui, c'est pourquoi j'ai tenu à vous informer de l'événement, Mon Colonel.

— Bien, merci. Il faut contacter des spécialistes des mammifères marins.

— C'est fait. Ils sont comme nous, abasourdis. Nous avons délimité la zone de rassemblement.

— Ce qui donne ?

— Ceci.

Sur l'écran, une carte de l'Atlantique Nord remplace la vue océanique en temps réel. Au centre, un triangle rouge relie la pointe de la Floride, l'archipel des Bermudes et Porto Rico.

— On dirait le Triangle des Bermudes, remarque le colonel.

— Exactement.

— Parfait, sergent. Suivez ça de près, et puis… (Il sourit brièvement.) si des avions ou des bateaux disparaissent, vous m'avertissez.

Le jeune sous-officier acquiesce avec sérieux, puis salue son supérieur avant de couper la communication.

« Le Triangle des Bermudes » répète O'Neal, songeur.

Il connaît bien sûr la légende du vingtième siècle selon laquelle des dizaines de bateaux et d'avions auraient disparu dans cette zone sans laisser la moindre trace. Mais, depuis les années 1970, tandis que l'observation satellitaire et les communications progressaient à pas de géant, ces étranges volatilisations avaient *miraculeusement* cessé… On y revient donc mais, cette fois, pas en raison de disparitions mystérieuses.

« Des centaines de baleines, qu'est-ce que cela peut bien signifier ? » s'interroge-t-il à voix haute.

★★★

À mille sept cents kilomètres de là, à San Juan, capitale de l'île de Porto Rico, deux garçons de dix-sept ans déambulent sur l'avenue longeant le port de la vieille ville. Mains dans les poches de leur short, ils passent sans y prêter attention devant la proue des monstrueux paquebots qui déversent, pour une journée ou deux, leurs hordes de touristes.

— D'un côté, je suis content mais, d'un autre, je serais bien resté encore un peu, déclare tristement le plus grand des deux.

Une nouvelle fois, il rejette en arrière sa longue chevelure brune. L'autre garçon porte également les cheveux longs, mais serrés sur la nuque par un catogan.

— Allez, Jason, fais pas cette tête, réplique ce dernier. Tu reviendras l'an prochain… sauf si vous croisez un cyclone.

Jason dévisage son ami avec une expression signifiant qu'il n'apprécie qu'à demi son humour noir. Il est vrai que le sujet ne prête plus à la plaisanterie depuis que cyclones et typhons – leur dénomination change selon l'hémisphère de la planète sur lequel on se trouve – provoquent des ravages toujours plus épouvantables. En cause, le réchauffement climatique qui a connu, surtout au cours de la dernière décennie, une accélération qu'aucun des pires scénarios des climatologues n'avait envisagée. Le typhon Akira de 2033, au Japon, a causé la mort de sept cent mille personnes…

— T'es un optimiste, toi, réplique le jeune homme avec un sourire acide.

— Je rigole ! Les ouragans, c'est en octobre. Quelquefois début septembre, juste avant la rentrée, il y en a un ou deux.

— Oui, et comme on est fin août… C'est sympa de me rassurer, grommelle Jason.

— Tu sais, si je pouvais venir avec toi, je n'hésiterais pas une seconde. L'hôpital de mon père, j'en ai jusque-là. Cette île est trop petite pour moi, et je m'y ennuie pendant la période scolaire comme tu peux pas imaginer.

— Il y a la mer.

— Je ne suis pas un fondu de plongée ni de poissons comme toi. Moi, ce dont j'ai besoin, c'est de buildings de mille étages, de routes interminables, de neiges éternelles… d'un vrai continent avec quatre saisons, quoi ! Si tu savais comme j'en ai marre de voyager avec mon ordinateur.

— Apprends à naviguer et tu pourras faire comme mon père et moi, traverser l'Atlantique en voilier.

— Mouais… c'est une idée. Sauf que j'aime pas l'eau.

À cet instant, Jason aperçoit sur l'avenue portuaire un quinquagénaire barbu, en chemise et pantalon blancs, qui marche à leur rencontre avec un large sourire. Il lui adresse un salut de la main et allonge le pas pour le rejoindre plus vite.

— Ça va, p'pa ? s'enquiert-il avec le secret espoir d'un incident de dernière minute qui retarderait leur départ.

— C'est bon. Tout est réglé, embarqué, programmé... On part dans une heure, comme prévu.

— Génial, marmonne Jason comme s'il apprenait qu'ils allaient rendre visite à une vieille tante gâteuse.

— Et toi, Rémi, c'est pour quand le retour en France ? demande le père de Jason.

— La fin des temps, répond l'adolescent d'un air sombre. Finalement, la mutation de mon père a été refusée. Son patron trouve qu'il fait tellement bien son travail ici qu'il ne voit aucune raison de l'envoyer ailleurs. Dites, Monsieur Bastian, si vous trouviez un passager clandestin sur votre voilier, en pleine mer bien sûr, vous en feriez quoi ?

— Voyons... de l'appât à requins. Mais, tu sais, si ça te démange à ce point, tu peux venir avec nous, le bateau est assez grand.

— Ça ne serait pas de refus, mais j'ai le mal de mer et un championnat de turbo-ski la semaine prochaine.

— Effectivement, ça fait deux bonnes raisons. Allez, les jeunes, je crois qu'il va falloir vous dire au revoir.

Les jeunes en question se donnent l'accolade, se promettent de s'envoyer des vidéomails et, pour finir, se donnent rendez-vous aux prochaines grandes vacances. Peut-être seront-ils alors bacheliers.

— Sauf si on croise un cyclone ! lance Jason en adressant un clin d'œil à son copain.

Il se détourne, puis s'éloigne avec son père vers l'extrémité sud du port où sont amarrés les yachts. Jack Bastian est médecin chercheur, et l'un des experts mondiaux des maladies tropicales. Il comprend la tristesse de son fils et la partage car tous deux se sont fortement attachés à cette île, paradisiaque à bien des égards. Elle permet d'échapper aux grandes canicules qui grillent depuis juillet nombre de pays de l'hémisphère nord. Pour lui remonter le moral, il décide de lui donner une nouvelle qui ne manquera pas de l'intéresser.

— Tout à l'heure à la radio, j'ai entendu une information assez étonnante. Il paraît que des dizaines de baleines à bosse et d'autres cétacés sont en train de se rassembler au large de la Floride.

Jason dresse l'oreille.

— Ah oui ? Pourtant, ce n'est pas la saison.

— Voilà justement ce qui intrigue les scientifiques.

— Et tu crois qu'on pourra en croiser ?

— Il y a des chances, puisque j'ai décidé qu'on ferait escale à Jacksonville. Du coup, notre route passera en plein milieu de la zone concernée, qu'on appelle le Triangle des Bermudes. Ça doit te dire quelque chose ?

Jason s'immobilise et dévisage son père :

— Tu plaisantes ? (Un sourire en coin et un regard complice de son père lui donnent la réponse.) Ya-haa ! exulte le garçon en serrant les poings.

Et Porto Rico se retrouve relégué dans la cale des bons souvenirs de vacances.

★★★

Après deux journées de mer sans histoire, au lieu de retomber, l'excitation s'est sensiblement accrue. C'est une exaltation contenue qui tenaille les navigateurs sans les rendre en apparence plus nerveux. L'océan est magnifique, la météo parfaite, les baleines de plus en plus nombreuses d'après les informations glanées sur divers sites Internet qui suivent le phénomène quasiment en temps réel. Et, par conséquent, la tentation de mettre le moteur pour faire avancer le voilier plus vite est de plus en plus irrépressible.

Au crépuscule du troisième jour, rassasié d'un copieux dîner, Jason va prendre le frais à la proue du bateau. La mer est si calme qu'il peut s'asseoir sur le bastingage, les jambes pendant au-dessus de l'écume roulée par l'étrave. Une brise douce et soutenue lui caresse le visage et fait ondoyer sa chevelure mi-longue, couleur de jais. Vers l'ouest, il admire au-dessus de l'horizon une bande nuageuse anthracite, surmontée d'un époustouflant flamboiement orangé. Là-bas, un gros temps se forme, mais sûrement pas un cyclone. De toute façon, le voilier de son père, un Speednautic de 25 mètres, est insubmersible. Son mât de huit mètres en titanite diamantée et ses voiles en fibres de carbone sont prévus pour résister à des vents de quatre cents kilomètres à l'heure ! Aucun souci donc, côté sécurité. Quant aux manœuvres, l'ordinateur de bord calcule tout, prévoit tout, organise tout, si bien qu'il faut le débrancher pour retrouver les sensations de la vraie navigation, celle d'autrefois, lorsque les marins tiraient les voiles à la manivelle et se dirigeaient à la barre. Aujourd'hui, la barre s'appelle Nautilus et c'est une intelligence artificielle. Jason aurait peut-être aimé vivre à cette époque héroïque de la marine à voile. Quoique…

Le passé n'a pas eu que des bons côtés. Il songe à ces navires-usines qui décimaient au vingtième siècle les populations de baleines. Aujourd'hui, plus personne ne chasse les cétacés, hormis les braconniers puisque, malheureusement, le marché de la viande de mammifères marins n'a pas disparu. L'adolescent grimace de dégoût, comme s'il s'agissait de cannibalisme. Pour lui, tuer une baleine ou un dauphin devrait être puni comme le pire des crimes, d'autant qu'on sait aujourd'hui que ces animaux disposent d'une forme de conscience, c'est-à-dire non seulement d'intelligence et de sensibilité, mais aussi d'*esprit*. C'est sans doute la raison de leur bienveillance à l'égard des hommes. Il a tant étudié ces merveilleuses créatures qu'il a l'impression de les connaître comme des compagnons intimes, alors qu'il n'en a jamais croisé en vrai La perspective d'en apercevoir, même de très loin, l'émeut par avance au moins autant qu'une finale de coupe du monde pour un passionné de foot.

La web-TV a montré tout à l'heure des images aériennes hallucinantes sur la concentration de baleines entre la Floride et les Bermudes. Des océanographes et des experts éminents ont été interviewés... pour rien, puisqu'ils n'avaient aucune hypothèse sérieuse à avancer. Le plus étrange, c'est que les cétacés se soient entendus pour nager tous dans le même sens, selon un mouvement circulaire, jusqu'à former une ronde de sept cents kilomètres de circonférence. Jack a ordonné à Nautilus de recalculer la route du yacht de manière à passer au plus près du phénomène, sans chercher à le traverser afin de ne pas déranger les animaux ni de risquer d'entrer en collision avec l'un d'eux. Tout le monde n'a pas le même souci... Le reportage a montré des navires de plaisance, des nefs touristiques à fond de verre, et même un paquebot ! se dirigeant à plein moteur vers la zone. Celle-ci étant située dans les eaux internationales, nulle force civile ou militaire ne peut intervenir, sauf si, parmi ces curieux, se glissent des braconniers, ce qui paraît improbable.

Un appel de Jack tire brusquement Jason de sa méditation :

— Tu veux parler à ta mère, elle est sur le visio ?

— Bien sûr, j'arrive !

Tandis que le garçon donne des nouvelles rassurantes à Corolline Bastian, c'est au tour de Jack de prendre un bain de tranquillité crépusculaire à l'avant du voilier. Armé de jumelles, il balaie la mer avec l'espoir d'apercevoir un geyser de brume blanche jaillissant d'un dos sombre.

Quelques minutes plus tard, son fils le rejoint.

— Papa, y a un vidéomail de ton confrère Chambon, il aimerait que tu l'appelles… Papa ?

L'homme ne bouge pas, les jumelles rivées aux yeux.

— Hé, papa, je te parle !

Jack baisse enfin les mains pour regarder son fils. Il est abasourdi.

2

Un fabuleux spectacle

— Qu'est-ce qui t'arrive ? s'inquiète Jason.

En guise de réponse, Jack lui tend les jumelles.

— Droit devant, regarde.

L'adolescent parcourt l'horizon du nord vers l'est et découvre tout à coup ce qui a bouleversé son père. Par dizaines, des geysers de brume s'élèvent au-dessus des vagues, pareils à d'éphémères panaches duvetés.

— Papa, c'est… c'est pas croyable ! Il y en a des centaines !

— Je crois que ce sont des baleines à bosse.

— Exact. On les reconnaît bien à leur souffle. Il y a aussi des dauphins tachetés ! On croirait qu'ils les escortent. C'est dingue, complètement dingue !

Jamais de sa vie le jeune homme n'a éprouvé une telle euphorie. Une question cependant vient le troubler :

— À ton avis, qu'est-ce que ça veut dire ?

— Si je le savais… Mais une chose est certaine : chez les baleines, c'est comme chez les humains, quand on se rassemble, c'est toujours pour un événement important – un mariage, un anniversaire…

… *ou un deuil*, songe-t-il pour finir. Car, depuis le début, le phénomène lui inspire un sombre pressentiment qui ne le lâche pas – comme, sans doute, à tous ceux qui perçoivent, avec la même acuité que lui, la fragilité croissante du monde.

Encore un peu plus troublé, son fils se remet à observer le troupeau qui s'étend sur plus de trois kilomètres.

— Tu crois qu'on pourra les rattraper ? demande-t-il.

— Avec les voiles, sûrement pas.

— Et avec le moteur ?

Jack sourit. Bien évidemment, il a déjà pensé à donner un petit coup de pouce au vent. Avec son moteur à hydrogène, le voilier peut filer sur mer calme à vingt-cinq nœuds. Autant dire qu'avant l'aube, les navigateurs auront rattrapé – et même dépassé – les baleines. Ils pourront alors stopper le bateau et les attendre pour les observer d'aussi près que possible lorsqu'elles passeront. Et qui sait, songe le médecin, peut-être certaines d'entre elles leur feront-elles un signe amical ?

★★★

Durant la nuit, Jason est réveillé par le chant des baleines qui vient résonner contre la coque du voilier. Le cœur battant, il reste un long moment immobile sur sa couche, les yeux grands ouverts à écouter ce concert d'une étrange beauté. Jadis, les marins croyaient que ces plaintes mélodieuses étaient émises par les sirènes. Jason referme les paupières pour mieux se concentrer sur ces vocalises et les laisser pénétrer au plus profond de son esprit. Peu à peu, s'ouvrent en lui des étendues abyssales uniformément bleu marine. Il y distingue les silhouettes massives des cétacés qui se hâtent avec lenteur vers leur mystérieux rendez-vous. Il entreprend de les suivre, sans appréhension, comme s'il était l'une d'elles. Lentement, il s'enfonce dans ce silence musical et gagne ainsi le monde des rêves. Quand, brusquement, il rouvre les yeux et pose une main sur sa poitrine, compressée comme dans un étau. Bouche ouverte, il respire avec peine, à grandes goulées irrégulières. Alors qu'il franchissait la frontière ténue entre somnolence et sommeil, une sensation d'épouvante l'a saisi : l'eau envahissait ses poumons après une apnée poussée à l'extrême. À présent qu'il a retrouvé sa lucidité, il sait comment chasser ce genre de vision – hélas récurrente chez lui. Assis en tailleur sur son lit, il pratique une technique de maîtrise respiratoire apprise avec un médecin indien, en se concentrant sur une seule et unique pensée, une image – le visage de sa mère, Corolline. Bientôt, il se rallonge et se rendort, apaisé… et le chant des baleines reprend.

★★★

Au matin, Jason saute du lit et se précipite sur le pont comme un chien fou. Un léger vent tiède et délicieusement salé l'accueille en lui caressant le visage. Il respire à pleins poumons, puis s'étire avec au cœur un formidable sentiment de bien-être. Il se tourne vers l'est où le soleil émerge à peine d'un horizon orangé, puis cherche son père du regard. Agenouillé sur le pont avant, celui-ci est en train de manipuler un équipement de plongée. Jason éprouve un pincement d'émotion.

– Papa ? Qu'est-ce que tu fais ?

Le médecin jette un regard par-dessus son épaule.

– Oh, déjà debout ! Je ne t'attendais pas avant dix heures.

Le jeune homme baisse le nez en souriant. Il est vrai qu'en période de vacances, il n'est pas du tout dans ses habitudes de se lever aux aurores.

– Tu as bien dormi ? s'enquiert son père.

– Comme un ange ! T'as entendu les baleines, cette nuit ?

– Oui. J'ai même dû cogner sur le plancher pour les faire taire. Mais penses-tu ! la sérénade a continué au moins jusqu'à trois heures.

Jason le rejoint et constate, sans oser comprendre de peur d'être déçu, que son père a sorti deux combinaisons amphibies.

– Tu comptes plonger aujourd'hui ? demande-t-il d'un air faussement détaché.

— Bien sûr ! Pas toi ?

Jason marque un silence de surprise.

— Tu veux dire… qu'on va le faire au milieu des baleines ?

— Peut-être pas *au milieu*, mais j'ai pensé que le spectacle serait plus complet sous l'eau.

Le garçon devrait sauter de joie ; il éprouve, au contraire, une déplaisante appréhension. Il en est ainsi à chaque fois qu'il s'ébat avec les poissons, depuis l'accident qui a failli lui coûter la vie, deux ans auparavant. Lors d'une banale promenade sous-marine sur un massif corallien, il s'était aventuré dans une cavité et s'y était coincé avec sa bouteille. La panique et de mauvais réflexes avaient achevé de transformer cette sublime balade en cauchemar, dont il n'a gardé qu'un seul souvenir parfaitement clair : l'eau de mer envahissant ses poumons…

Son père interrompt ses manipulations pour l'observer. Bien sûr, il n'ignore rien du traumatisme qu'a laissé la mésaventure chez son fils, mais il a le tact de ne pas l'évoquer.

— Tu n'as peut-être pas envie ? demande-t-il.

— Oh si ! au contraire, je t'assure, je suis… Merci, papa.

Et comme les larmes lui montent aux yeux, Jason s'agenouille pour faire semblant de s'intéresser à sa combinaison de plongée. Ce n'est bien sûr pas la première fois qu'il plonge en haute mer, il est même plutôt expérimenté, mais jamais il n'a eu l'occasion de le faire pour observer des mammifères marins dont certains doivent dépasser les vingt mètres de long.

– Je crois que ça va être le plus beau souvenir de ma vie, murmure-t-il comme se parlant à lui-même.

– Sans doute, mais attention, prévient son père, tu ne me quittes pas d'une palme. Et interdiction de s'approcher des animaux à moins de cent mètres.

– Cent mètres ! Mais on ne va rien voir ! rétorque le garçon qui, d'un coup, retrouve toute son intrépidité.

– Ce sera bien assez pour avoir quelque chose à raconter à nos petits-enfants. Bon, on va faire un essai pour être sûrs que tout fonctionne bien et, après, on ira se coller devant le radar.

Jason enfile son équipement qui comprend une combinaison bleu nuit à régulation thermique, un visage de plongée (c'est-à-dire un masque dont le bombé transparent laisse voir toute la figure, offrant ainsi un angle de vue maximum) et, bien sûr, un système respiratoire, sans émission de bulles, dont l'autonomie peut atteindre douze heures.

— C'est bon ? demande Jack.

— Parfait, je respire comme à la montagne.

★★★

Ils n'ont pas à attendre longtemps dans la cabine de pilotage avant de voir apparaître sur l'écran les premiers échos radar sous forme d'ombres oblongues. Une avant-garde d'une vingtaine de mastodontes va passer à cinquante mètres du voilier, plus près donc que ne l'aurait souhaité Jack. Mais il se voit mal renoncer à plonger pour cette seule raison.

Peu après, ils effectuent la série de tests matériels obligatoire avant toute plongée. Puis Jack pose la dernière question :

— Comment te sens-tu ?

— Cent pour cent heureux ! répond Jason en levant le pouce.

Ce n'est pas cent pour cent vrai car il est mort de trouille mais, pour rien au monde, il ne laisserait sa place.

C'est une figure détendue et souriante qu'il s'efforce de montrer à son père qui, tout en vérifiant les tuyaux de son équipement, l'observe attentivement à travers son masque. Grâce à un système de communication numérique par rayons infrarouges, ils pourront converser sous l'eau aussi facilement qu'en situation ordinaire. Tandis que Jack contrôle une ultime fois les paramètres électroniques de pression et les jauges sur les bracelets digitaux des deux combinaisons, Jason essaie de maîtriser sa respiration qui s'est accélérée en même temps que son pouls. *Faut que je me calme, faut que je me calme*, se répète-t-il comme avant une compétition d'escrime – le sport qu'il pratique à Paris pendant l'année scolaire. Mais il n'arrive pas à réguler son souffle, si bien qu'un peu de condensation embrume l'intérieur de son visage de plongée.

— Papa, regarde, il y a de la buée sur le masque.

— Ce n'est rien. Je vais régler la ventilation un peu plus fort. C'est l'émotion, mais tu verras qu'une fois dans l'eau, tu vas très vite t'apaiser.

— J'espère. Bon sang, j'ai jamais eu autant le trac avant une rencontre.

— Même avec une fille ?

– Avec une fille ? Attends que je me souvienne… La dernière fois, c'était… jeudi dernier. Eh bien non, ça m'a rien fait du tout quand elle m'a embrassé.

– Tu ne te vanterais pas un peu ?

– Non, je t'assure. Elle m'a vraiment sauté dessus.

– Espérons que tu ne feras pas le même effet aux demoiselles baleines. D'après le radar, il y en a qui font trente tonnes.

– Ah ! Bon, ben… j'essaierai de me faire discret.

– J'y compte bien. Allez, moussaillon, on y va !

En levant les genoux et en faisant claquer leurs palmes sur le plastique du pont, ils s'approchent de l'échelle de coupée qui permet de descendre dans l'eau et d'en sortir comme d'une piscine. Avant de se lancer, ils observent quelques secondes le ballet des souffles et des nageoires dorsales des cétacés qu'ils distinguent à présent sans peine à moins d'une centaine de mètres du voilier. Soudain, une énorme baleine dresse sa large queue au-dessus de l'eau, avant de battre la surface dans un jaillissement d'écume.

– Elles nous disent bonjour ! rit Jason.

— Allons leur rendre la politesse.

Ils se mettent à l’eau. Jack contrôle le niveau sonore de sa réception radio.

— Tu m’entends bien ? demande-t-il.

— Ça résonne un peu. Je pense que j’ai mal réglé la balance, mais ça ira. C’est quoi la portée, déjà ?

— Sous l’eau, quelques dizaines de mètres. Je te rappelle que si tu t’éloignes de moi de plus de deux mètres, tu seras privé de dessert jusqu’à la rentrée scolaire.

— M’en fiche, j’aime pas les desserts !

Sur cette exclamation, Jason enjambe l’échelle de coupée, puis se laisse choir en arrière dans l’eau. Il est vite rejoint par son père qui lui indique de l’index une grande tache sombre se déplaçant au loin.

— Si on reste là, regrette Jason, c’est tout ce qu’on verra. On peut quand même se rapprocher un peu, non ?

L’autorité paternelle marque une hésitation, avant finalement d’acquiescer.

— Reste près de moi. Et maintenant, je ne rigole plus.

Jason lève le pouce pour signifier qu'il a compris le message et ne jouera pas les têtes brûlées. Il connaît assez son père – même s'ils se voient beaucoup moins souvent depuis qu'ils se sont séparés, Corolline et lui, voici bientôt un an – pour savoir quand il cesse de plaisanter. Battant lentement des palmes, ils progressent côte à côte vers les ombres massives de plus en plus nombreuses qui se profilent au loin dans les brumes azurées. Un silence prolongé de Jack trahit son appréhension. Pourtant, songe son fils, depuis que les hommes observent les baleines, et même quand ils venaient pour les assassiner, jamais on n'a rapporté de cas d'attaque. Bien au contraire, par une sorte de prévenance inexplicable, on a constaté qu'elles veillaient à ne heurter aucun humain venant à leur rencontre – à condition bien sûr que ceux-ci ne provoquent pas l'instinct de protection d'une mère en s'approchant un peu trop d'un baleineau.

— Papa ! Regarde, à neuf heures ! s'exclame Jason tout à coup.

Dans la direction indiquée, trois baleines à bosse de taille respectable approchent, nageant si près les unes des autres qu'on pourrait croire qu'elles se tiennent par la nageoire. Elles adressent à leurs congénères se déplaçant en parallèle des craquètements et des sifflements qui, de toute évidence, expriment un message précis, pour ne pas dire *intelligent*.

– Jason, on ne bouge plus, ordonne Jack. Elles vont passer tout près de nous.

Effectivement, quelques minutes plus tard, les trois imposantes masses glissent à moins de vingt mètres des plongeurs ébahis.

– Papa, elles sont magnifiques ! J'ai… j'ai jamais rien vu de si beau ! déclare Jason.

Il en a les larmes aux yeux. Jack lui-même ne trouve pas de mot pour exprimer ce qu'il ressent. Tandis que les trois grandes dames glissent à quelques dizaines de mètres sur leur droite, des profondeurs abyssales montent les étranges mélopées plaintives d'une autre espèce de cétacés. Cela ressemble à un avertisseur de croiseur militaire sur fond de gloussement psychédélique se diffusant comme une onde, pense l'adolescent qui tente d'identifier la race en question. En vérité, c'est aussi beau qu'une symphonie de Mozart… *C'est une baleine franche**, conclut-il subitement, avec certitude.

*De la famille des baleines à fanons.

Les baleines disparues au loin dans les brumes marines, les plongeurs retrouvent l'usage de la parole.

– Papa, le trip ! Ça t'a fait quoi ? demande Jason, surexcité.

– La même chose qu'à toi, j'imagine. Je ne suis pas près d'oublier cette expérience.

– On va en voir d'autres, à ton avis ?

– Sans doute, attendons un peu.

Ils n'ont pas à patienter bien longtemps. Mais, cette fois, les majestueuses voyageuses leur ménagent une surprise.

3

L'ivresse des profondeurs

— Elles reviennent vers nous ! s'exclame Jason. Papa, tu crois que ce sont les mêmes ?

Jack garde le silence. Il a peur, une peur instinctive face à ce qu'il ne comprend pas et lui paraît anormal. Peut-être simplement n'aime-t-il pas se sentir un objet de curiosité pour des monstres mille fois plus gros que lui.

— On va retourner au bateau, décrète-t-il.

— Tu rigoles, on ne va pas rater ça !

— Ne discute pas. C'est assez pour une première fois.

— Mais enfin, papa…

— Jason, ça suffit ! Tu me suis, c'est tout !

L'adolescent grommelle derrière son visage de plongée, mais obtempère. Après quelques coups de palmes, son père ralentit, se retourne et constate que les baleines arrivent droit sur eux, suffisamment vite pour les rattraper avant qu'ils aient rejoint le voilier.

— Qu'est-ce qu'elles font ? s'interroge-t-il.

Jason cesse à son tour de nager.

— Heureusement que ce ne sont pas des requins, dit-il.

— Heureusement, oui. Écoute, Jason, on va continuer vers le bateau. Je pense qu'elles vont juste nous dépasser, sans même nous regarder.

— Pas de problème. Il ne faut pas avoir peur. On ne risque rien, elles sont incapables de nous faire du mal, même par maladresse.

Jack acquiesce sans pour autant être totalement rassuré, puis ils reprennent leur progression.

Deux baleines de taille moyenne les doublent par la droite, la troisième par-dessous. Soudain, de façon imprévisible, l'une des deux premières effectue un brusque virage à gauche. Elle remonte brièvement respirer en surface, puis replonge devant les deux humains qui doivent s'arrêter de nager. Jason distingue parfaitement son œil, minuscule par rapport à son énorme corps, mais habité d'un regard qui lui semble animé d'intelligence. L'adolescent a souvent vu des requins dans des aquariums publics mais jamais, dans leur œil rond, il n'a perçu la moindre expression, pas même de l'agressivité.

— On doit les intriguer, suppose-t-il.

— Sûrement.

L'un des cétacés remonte des profondeurs puis, avec lenteur, glisse si près des plongeurs qu'ils reculent en battant des bras.

— On se sent tout petit devant ces bestioles, souffle Jason.

— Je n'aime pas trop leur comportement, s'inquiète Jack. On dirait qu'elles veulent nous empêcher de regagner le bateau.

— N'exagère pas.

— Continuons.

Mais Jack a raison, les baleines s'interposent ostensiblement entre eux et le voilier. Jason commence enfin à percevoir la singularité de la situation.

— Papa, qu'est-ce que ça veut dire ?

— Qu'il faut rester calme. Je ne crois pas qu'elles soient hostiles. Elles veulent juste nous observer…

— En voilà d'autres !

Ils se retrouvent bientôt cernés par un véritable troupeau qui émet de nombreux signaux acoustiques.

— Essayons de regagner la surface, propose Jack.

Ils s'aperçoivent très vite que cela aussi leur est interdit. C'est alors qu'une jeune baleine s'avance et force le passage entre le père et le fils, les obligeant à s'écarter l'un de l'autre. Jason, autant surpris qu'émerveillé, tend une main qu'il laisse glisser sur toute la longueur du dos de l'audacieuse.

— Je l'ai touchée ! crie-t-il comme s'il s'agissait d'une victoire. J'ai touché une baleine à bosse ! C'est incroyable !

— Jason, reviens vers moi, vite !

Mais voilà que se produit l'impensable. La jeune femelle s'interpose à nouveau entre les deux humains. Une seconde approche et, sans brusquerie, pousse l'adolescent avec son museau.

— Eh ! Qu'est-ce que tu fais ? proteste Jason.

— Il se passe quelque chose de bizarre. Il faut se sortir de là… Elles… elles m'empêchent de venir vers toi !

Jack se voit contraint de s'éloigner de son fils qui est lentement entraîné, comme un baleineau un peu trop téméraire qu'il faudrait rabattre vers sa famille.

— Papa, elles m'emmènent !

— Nage, Jason, nage ! Bon sang, tu vas t'écarter ! Remonte, Jason !

— Qu'est-ce qu'elles me veulent ? Elles m'entraînent vers le fond… Aïe ! L'une d'elles me retient avec sa nageoire… Laisse-moi ! Papa ! Au secours ! Elles m'emmènent !

Le père frappe du poing les mastodontes qui passent devant lui en le frôlant. Ceux-ci sont à présent si nombreux qu'il ne distingue plus son fils. Il lance des appels, tandis que la buée émise par sa respiration haletante se dépose sur son masque, jusqu'à ce qu'il n'y voie plus rien. L'affolement s'empare de lui.

– Jason ! JASON ! crie-t-il.

Aucune réponse ne vibre plus dans les haut-parleurs de son casque, ce qui signifie que l'adolescent est déjà à plus de cinquante mètres.

« C'est impossible ! Qu'est-ce que vous avez fait ? Rendez-moi mon fils ! » hurle-t-il.

Pendant plusieurs minutes encore, les cétacés le cernent sans le toucher, provoquant parfois des turbulences qui le bousculent. Puis ils finissent par s'éloigner, l'abandonnant à une solitude atroce.

★★★

De retour sur son voilier, Jack ôte ses palmes puis se précipite vers le poste de pilotage. Il prend place dans le fauteuil à haut dossier, dont l'accoudoir droit est muni d'une sorte de joystick faisant office de gouvernail. Devant lui, il dispose d'une console de commande en demi-cercle, truffée de voyants lumineux, de boutons et de jauges numériques, ainsi que de deux écrans d'ordinateur. Le souffle court, il déconnecte Nautilus pour diriger lui-même les manœuvres. À partir de l'écran tactile à sa gauche, il active le radar sous-marin. Les échos, matérialisés par une image tridimensionnelle en couleur, lui montrent à l'est le rassemblement des cétacés qui se déplacent lentement, sans orientation particulière. Il affine les réglages…

« Où es-tu, Jason ? » répète-t-il plusieurs fois.

Sa pire crainte est que son fils ait été entraîné en profondeur. La combinaison de plongée et son système respiratoire permettent sans problème de descendre à cinquante mètres mais, au-delà, c'est le risque de narcose – que l'on appelle aussi l'ivresse des profondeurs –, avec de graves difficultés respiratoires à la clé. Et s'il remonte trop vite, ce sont les conséquences parfois mortelles de la décompression.

Sans cesser de surveiller l'image radar, Jack commande la levée de l'ancre et la mise en route du moteur. La coque vibre quelques secondes, puis se met à glisser sur l'eau sans aucun autre son que le clapotis des vagues. Toutes les capacités intellectuelles de Jack sont concentrées sur une seule préoccupation : ramener son fils à l'air libre, vivant. Et il y arrivera !

★★★

Jason a cessé de résister, se rendant compte que c'était inutile tant est évidente la détermination des baleines à l'emmener. *Si elles me prennent pour un baleineau, faudra qu'elles s'achètent des lunettes*, plaisante-t-il en pensée. Il s'efforce de ne pas croire que sa vie est en danger, se le répétant comme une litanie. L'effet n'est pas formidable, mais l'aide quand même à ne pas céder à la panique. Ses connaissances de la mer lui sont précieuses en cette circonstance car il sait d'expérience que la peur est le premier ennemi du plongeur. S'il y cède, sa raison ne pourra plus contrôler son corps, sa respiration accélérera et il cédera aux plus mauvais réflexes – celui, par exemple, de remonter précipitamment vers la surface sans respecter les paliers de décompression. C'est en se rappelant ainsi ses leçons de plongée, qu'il se laisse emporter par ces étonnantes reines des océans. Il finit même par s'accrocher à la longue nageoire pectorale blanche de l'une d'elles qui l'entraîne avec lenteur vers l'abysse. Une pensée lui vient alors : à quinze ans, il a échappé à la mort par noyade ; il paraît même qu'il aurait été cliniquement décédé lors de sa difficile réanimation, puisque son cœur s'était arrêté de battre quelques secondes. Peut-être la mort a-t-elle aujourd'hui décidé de prendre sa revanche, sachant qu'il ne se trouverait personne pour le ramener à la vie ? C'est possible… pourtant, il a décidé de faire confiance aux baleines.

Quand le voyage s'arrête, sans raison apparente, l'indicateur de profondeur fixé à son poignet indique cinquante-neuf mètres. Immobile, bras écartés, Jason se laisse flotter tout en observant autour de lui les mouvements gracieux des cétacés qui échangent des vocalises complexes, de plus en plus nombreuses. La pression sur son corps est telle que le mécanisme de compensation de sa combinaison ne suffit pas à la contrecarrer, si bien qu'il doit endurer une sensation d'oppression insupportable. Malgré cela, il continue de garder son calme, se répétant en boucle qu'il n'est pas en danger, en tout cas pas à cause de ces animaux. Sa seule vraie inquiétude va à son père qui doit connaître, tout là-haut en surface, le pire moment de sa vie.

Qu'est-ce qu'elles me veulent ? s'interroge-t-il en essayant d'interpréter le moindre mouvement vif ou comportement collectif des baleines.

Les chants qui traversent l'espace aquatique en tous sens lui procurent une étrange sensation de sérénité. C'est une véritable musique psychédélique. Si bien que sa pensée devient… *flottante*. Une joie proche de l'euphorie l'envahit doucement : il réalise qu'il vit une expérience unique, peut-être même surnaturelle. Il cligne des yeux, comme s'il était pris de somnolence. L'idée qu'il soit victime de l'ivresse des profondeurs l'effleure un instant, puis disparaît. Il se met alors à apercevoir d'étranges remous dans les profondeurs, comme si l'eau était traversée par de puissants courants et des tourbillons ascendants. Le chant des baleines pénètre son esprit, jusqu'à occuper tout son espace intérieur, le menant peu à peu à une communion singulière avec ces créatures qu'il ressent douées d'intelligence. Une forme passe furtivement dans son champ de vision, imprimant dans sa mémoire l'image vague d'un visage féminin, peut-être celui d'une sirène. Une autre silhouette apparaît, filant comme une comète qui émettrait un long sifflement plaintif. Un gémissement lui succède, un cri, un pleur… Jason n'éprouve plus aucune joie. Bien au contraire, c'est une tristesse affreuse qui l'envahit – la compassion qu'on éprouve en voyant un être cher sombrer dans la détresse. C'est comme un déchirement. Un appel. Un avertissement. L'avertissement des abysses. Puis il perd connaissance.

4

L'avertissement des abysses

Jack Bastian sait maintenant avec certitude qu'il va ramener son garçon à la surface. Il vient en effet de le repérer au radar, cerné par un groupe d'une dizaine de baleines à bosse. Tout en poussant les moteurs, il songe que même un banc de grands requins blancs affamés ne saurait le dissuader. Cela lui donne d'ailleurs l'idée de s'armer d'un bâton électrique normalement destiné à éloigner les requins. Une fois le bateau positionné à l'exacte verticale du jeune homme, il se précipite sur le pont où il remet ses palmes. Après avoir adapté les paramètres du module respiratoire de son équipement, de façon à pouvoir descendre jusqu'à soixante mètres sans trop de risque, il saute à l'eau. Pendant sa descente, il se demande avec angoisse si les baleines vont l'attaquer ou le laisser récupérer son fils. Dans le premier cas, il ne se fait aucune illusion sur l'efficacité de son arme antirequin. Dans le second, il espère que le cerveau-commande intégré à la combinaison de Jason a procédé à l'allumage automatique des diodes disposées autour de son masque. Sinon, il pourra errer dans l'obscurité des heures sans l'apercevoir.

Il constate d'abord qu'aucune ombre menaçante n'erre alentour, comme si, à son approche, les cétacés s'étaient fondus dans les profondeurs. À son grand soulagement, il distingue bientôt un léger halo lumineux vert qui le guide comme une balise jusqu'à son fils.

– Jason, tu m'entends, c'est moi !

Les paupières mi-closes, les gestes lourds et le souffle profond, l'adolescent n'est plus capable d'articuler une réponse. Il garde les sourcils froncés, comme en proie à une profonde confusion mentale. Son père l'enlace et le serre contre lui. Ensuite commence une remontée interminable, de plus d'une heure, car il leur faut absolument respecter les paliers de décompression. Mais c'est une remontée tranquille et, surtout… solitaire ! Les baleines s'en sont allées, inexplicablement. Enfin, Jason retrouve le pont du voilier, groggy, souffrant d'une méchante migraine, mais sain et sauf.

Un moment plus tard, une bière à la main, son père l'observe en silence, un léger sourire aux lèvres. Adossé au bastingage à l'avant du bateau, l'adolescent se remet lentement de ses émotions, tandis que son corps n'éprouve plus qu'une légère fatigue. Les gouttelettes d'eau salée qui parsèment sa peau ambrée lancent des éclats de lumière. Il ramène ses genoux contre sa poitrine, essayant de se remémorer les circonstances de l'attaque.

— On aurait dit qu'elles dansaient autour de moi, comme pour une parade, raconte-t-il, le regard fixe. J'écoutais leurs chants et j'avais l'impression que certains s'adressaient à moi, enfin… plutôt qu'ils avaient un sens, comme un langage que je savais interpréter à ce moment-là.

— Vraiment ? Et qu'est-ce qu'elles disaient ?

Jason fronce les sourcils.

— C'est difficile à traduire avec des mots.

— Tu peux le siffler si tu veux, plaisante Jack.

— Ne rigole pas ! Je t'assure qu'il n'y a pas de quoi. Les baleines sont en danger.

Intrigué par le ton grave de son fils, et surtout inquiet que celui-ci garde quelques séquelles psychologiques de son expérience, Jack retrouve son sérieux :

— Continue.

— J'ai perçu de la peur dans leurs échanges. Je sais que ça paraît absurde, mais c'est vraiment ce que j'ai ressenti, et il y avait aussi une volonté de s'adresser à nous.

— Nous ?

— À l'espèce humaine, je suppose.

— Parce que nous serions concernés ?

— Je crois… En fait, oui, nous aussi nous sommes en danger.

— Quel genre de danger ?

Jason se tait un long moment. Il cherche au plus profond de sa mémoire ce qui s'y est imprimé, tandis que l'ivresse des profondeurs le gagnait. Malheureusement, rien de précis ne remonte à sa conscience.

— Je ne sais pas. Je crois que j'étais un peu shooté.

— Tu peux quand même m'en dire un peu plus. Ça m'intéresse.

— Pourquoi ? Tu ne crois tout de même pas qu'elles m'ont parlé ?

— Non, mais tu sais bien qu'après un événement un peu fort, il est important de raconter ce qu'on a vécu.

Jason sourit.

— En somme, tu es ma cellule de soutien psychologique.

— On peut dire ça. Donc, les baleines seraient en danger ?

La gravité crispe à nouveau les traits de l'adolescent. Son regard aux grands yeux noirs se fait lointain et inquiet.

— Il va se passer quelque chose, un événement extraordinaire, reprend-il. C'est pour ça que toutes les baleines de l'Atlantique se sont rassemblées près des Bermudes. Parce que c'est là que ça va arriver.

— Elle est un peu curieuse, ton histoire. Si elles ont pressenti un danger, elles devraient plutôt fuir ce coin que venir s'y balader, non ?

— Je n'ai pas parlé de *danger*. C'est peut-être autre chose. En tout cas, je suis sûr que tout ça a un sens et que c'est pour que je le comprenne qu'elles m'ont…

Le mot *kidnappé* s'impose à son esprit, mais il ne correspond pas à ce qu'il a vécu. En fait, celui qui serait plus adapté est *contacté*, mais comment le prononcer sans penser qu'il est devenu un illuminé ?

Le voyant troublé, son père tente de l'aider à s'exprimer. En la matière, il dispose d'une certaine expérience pour laquelle il a reçu les conseils d'un ami, excellent psychologue.

— Essayons d'élucider cet événement extraordinaire, dit-il. As-tu une idée de ce que ça pourrait être ?

— Je crois qu'elles ne le savent pas elles-mêmes. C'est... comment dire ? C'est leur instinct qui les a prévenues, ou la nature si tu préfères. À leur tour, elles nous avertissent parce que peut-être qu'on peut... (Jason s'interrompt, se rendant compte de l'absurdité de ses propos ; pourtant, ces sensations sont aussi prégnantes dans sa mémoire que l'est le souvenir de sa noyade.) Ah, et puis zut ! Je n'en sais rien, soupire-t-il avec agacement, comme s'il s'adressait à une voix intérieure. Je ne peux pas t'en dire plus, papa, c'est trop en vrac dans ma tête.

Un long silence s'établit, durant lequel Jack s'efforce de donner un sens crédible à cette aventure. En lui s'affrontent deux raisonnements : l'un ne voit dans les propos de Jason que le récit d'une hallucination provoquée par la narcose ; l'autre perçoit au contraire une vérité de nature à donner la chair de poule. Il songe aussi avec humour que si ces animaux se sont effectivement rassemblés pour avertir l'humanité d'une catastrophe imminente, c'est qu'ils ne sont vraiment pas rancuniers après les massacres que celle-ci leur a fait subir.

— Et sais-tu quand cet événement doit se produire ? interroge-t-il.

— Bientôt.

— Pourquoi t'ont-elles choisi pour messager ?

— Parce que j'étais là et prêt à entendre.

— Moi aussi…

— Non. Toi, t'es trop rationnel. Pour communiquer avec des baleines, c'est comme pour l'hypnose, il faut être réceptif. Ça a commencé cette nuit, quand elles ont chanté autour du bateau. Et tout à l'heure, je n'ai eu aucun effort à faire pour entrer en résonance avec elles.

Jack hoche la tête. Il comprend ce que sous-entend son fils. Il a déjà eu l'occasion de noter leur différence de regard sur les mammifères marins. Lui les considère comme des animaux auxquels il témoigne un respect et une compassion sincères. Tandis que Jason les aime depuis sa plus tendre enfance, comme si, à force de les étudier, elles étaient devenues de proches parentes. De là à penser qu'elles lui ont parlé comme des esprits à un médium, il n'y a guère qu'un pas.

Durant le déjeuner, Jack décide, avec le consentement silencieux de son fils, de gagner la Floride par la voie la plus courte, et au moteur.

— On ira se changer les idées à Orlando, au parc Disney, propose-t-il en fixant Jason avec un air de complicité un peu artificiel.

Cette nouvelle qui, normalement, devrait faire sauter de joie le jeune homme, ne lui tire qu'un pâle sourire de reconnaissance.

— Ça ne va pas ? s'inquiète Jack.

— Après l'ivresse vient le blues, répond Jason. Allez, p'pa, je vais bouquiner un moment. Et peut-être dormir, je me sens un peu épuisé.

Avant de disparaître par la porte basse de sa cabine, il se retourne et lance :

— Génial, Orlando !

5

La rage de l'impuissance

La nuit suivante, une heure avant l'aube, le pilote informatique Nautilus lance un signal d'alerte anti-collision :

« Attention, échos multiples à moins de deux miles ! » répète une voix électronique dans les cabines du voilier.

Jack Bastian se lève comme un ressort. Vêtu d'un simple bermuda, il se précipite au poste de commande. Les deux écrans ont déjà affiché un état complet de la situation. Celui de gauche présente l'image radar de ce qui se passe sur et sous l'eau à cinq kilomètres à la ronde.

« Bon sang ! C'est jour de foire. »

Les silhouettes de plusieurs dizaines de baleines se découpent nettement sur un fond azur. Jack remarque également l'écho plus *dur* renvoyé par la coque d'un navire positionné tout près du rassemblement. Sur l'autre écran, il peut lire diverses informations chiffrées.

– Qu'est-ce qui se passe ? demande Jason en prenant pied sur la passerelle.

– Un troupeau de baleines à bosse et un gros bateau à proximité, répond son père sans détacher son attention des dalles luminescentes.

Encore ensommeillé, l'adolescent s'approche.

– Là ? s'exclame-t-il en désignant l'image tridimensionnelle stylisée que l'ordinateur fournit en fonction de sa banque de données. On dirait un chalutier.

– Je pencherais plutôt pour un yacht de luxe, mais il aurait une sacrée taille. Regarde, il fait soixante-douze mètres. Dans moins d'une heure, il fera jour et nous serons tout près de lui. On verra bien. Tu peux aller te recoucher.

– Non, je préfère rester, maintenant que je suis réveillé.

– Comme tu veux. Tu as fait de beaux rêves ?

Jason baisse la tête.

— Pas trop. Je n'ai pas arrêté de penser à l'avertissement des baleines. On devrait peut-être quand même en parler à quelqu'un.

La suggestion laisse son père dubitatif.

— J'y réfléchirai, répond-il.

— À l'ONU ou dans les gouvernements, tu dois bien connaître des gens que ça pourrait intéresser et qui t'écouteraient, insiste Jason.

— À l'ONU, c'est comme partout, on ne croit que ce qu'on voit. Ce n'est qu'ensuite qu'on agit, en fonction des événements. Mais si un nom me vient, je demanderai à le rencontrer… et tu m'accompagneras.

L'adolescent prend son père par l'épaule.

— On ne t'a jamais dit que tu étais un mec bien ?

— Ta mère, au début.

Jason approuve tristement.

— Peut-être qu'un jour, vous vous retrouverez, déclare-t-il. Je suis sûr qu'elle n'attend que ça.

– Je veux bien te croire, parce que c'est mon souhait le plus cher. Mais il y a une condition pour que ce soit envisageable : il faudrait que j'arrête de passer ma vie dans les avions ou sur mon voilier.

– Quand tu seras mort, en somme.

– Nom d'un chien, qu'est-ce que ça veut dire ?! grommelle le médecin.

– Je suis désolé, papa, mais c'est vrai quoi ! se défend Jason.

– Ce n'est pas à toi que je dis ça. Regarde le yacht, il a stoppé les machines beaucoup trop près des baleines.

– Pour les observer ? se hasarde Jason.

– Il fait encore nuit, ce serait stupide.

Jack commande au radar de zoomer sur ce curieux navire. Ils se rendent alors compte qu'un des cétacés est en train de se contorsionner à quelques mètres du flanc tribord. Jason est le premier à comprendre :

– Papa, c'est un braconnier ! C'est un de ces salauds de tueurs de baleines !

– Attends, on n'est pas encore sûrs.

— Mais si, tu le vois bien ! Faut faire quelque chose ! Papa, appelle-le sur la fréquence internationale. Dis-lui qu'il est repéré.

— Non, j'ai mieux que ça.

Jack se tourne à droite vers la partie de la console qui pilote le système de communication du voilier. Il enclenche un interrupteur, puis ordonne par commande vocale à Nautilus de se connecter sur la fréquence des garde-côte américains.

— Nous sommes trop loin de la Floride, fait remarquer Jason. Ils ne pourront jamais arriver à temps.

— Ce n'est pas pour les faire venir que je veux les appeler, c'est pour qu'ils alertent la marine internationale. Avec le rassemblement des baleines, il y a sûrement au moins un patrouilleur dans le secteur, et si c'est le cas je ne sais pas comment le contacter.

— Oui, tu as raison, c'est une bonne idée !

Hors de lui, Jason se retient à grand-peine de se précipiter à l'avant du bateau pour hurler des insultes à ces bouchers de la mer. Son père fronce les sourcils en constatant que l'écran du visiocom reste obstinément obscur, tandis que les haut-parleurs n'émettent qu'un chuintement continu. Les yeux rivés sur ce rectangle numérique incrusté dans la partie haute de la console, il se caresse la barbe. Il a compris ce qu'il se passe et réfléchit déjà à la parade.

– Y a un problème ? demande Jason.

– Ce sont bien des braconniers, et il y a de fortes chances pour qu'ils nous aient eux aussi détectés.

– Comment tu le sais ?

– Ils possèdent un neutraliseur d'ondes. Ça isole une zone de six à huit miles autour d'eux, comme une bulle magnétique.

– Il n'y a que l'armée internationale qui a le droit d'utiliser ce genre d'instrument, non ?

– Tu sais, les braconniers et le droit…

Jack reste un moment silencieux, puis il déclare :

– On n'a pas le choix, il faut s'éloigner. Mais dès qu'on sera sortis de la bulle, je lance le SOS.

– Pourquoi est-ce qu'on ne foncerait pas sur eux, comme les bateaux de Greenpeace ? demande Jason avec fougue.

— Parce que ce sont des gens dangereux. Tu nous vois attaquer en plein océan un bâtiment de près de mille tonneaux avec notre voilier minuscule ? J'ai pas envie de rejoindre les disparus du Triangle des Bermudes.

Malgré sa fureur, Jason est bien obligé d'admettre qu'en la circonstance, la meilleure attaque, c'est la fuite.

— Vas-y, papa, fonce ! lance-t-il.

Jack donne ses nouvelles instructions à Nautilus par l'intermédiaire de l'écran tactile. Le voilier frémit à peine, puis change de cap tout en accélérant progressivement l'allure. Il pointe maintenant vers l'est où l'horizon commence à rosir.

— Combien de baleines vont-ils tuer, à ton avis ? interroge Jason.

— Pas plus de cinq.

— Cinq ! Les chiens ! Mais comment peuvent-ils les embarquer ?

— Ils disposent de cales spéciales, avec des ponts qui s'ouvrent et descendent comme des plates-formes de porte-avions. En une heure ou deux, et de nuit de préférence, ils commettent leur massacre. Après, ils déguerpissent, moteurs à fond.

— Mais… les satellites ne peuvent pas les repérer ?

— Ils le peuvent, sauf si ces bandits possèdent un système de leurre qui permet de faire passer leur bateau pour une baleine, ce qui est probablement le cas.

Jason secoue la tête, le cœur serré par un terrible sentiment d'impuissance. La lutte contre ces assassins qui disposent d'équipements technologiques ultrasophistiqués, souvent militaires, s'apparente à une guerre sans espoir : il y en a partout, embusqués et insatiables. Ils profitent aussi du manque de cohésion qui règne entre les autorités des grandes fédérations continentales, principalement entre les trois groupes dominants : Amérique, Europe et Asie. Certes, les organismes internationaux existent, disposant d'équipements de pointe, d'une force armée mobile et performante. Mais le commandement, lui, est complètement défaillant. Lors du dernier conflit armé, en 2027, qui avait opposé deux régions de la Chine sur une question d'indépendance, il avait fallu attendre huit mois avant que la force internationale se positionne sur le terrain. Huit mois et dix mille morts… Et encore, huit mois, c'est déjà très rapide pour l'ONU – lorsqu'il s'agit d'une cause purement humanitaire ou écologique, cela peut prendre des années.

Jason quitte le poste de pilotage, en proie à un profond malaise. Il se rend à la proue du bateau et, tout en scrutant l'horizon anthracite, reprend le fil de sa réflexion…

Malheureusement, cette impuissance chronique des plus hautes instances politiques risque de perdurer car, depuis quelques mois, les tensions internationales sont plus vives que jamais et ralentissent encore les prises de décisions. La planète est devenue trop petite pour dix milliards de consommateurs avides de tout. Les guerres sont désormais essentiellement économiques, même sous couvert d'idéologie ou de religion, mais elles font autant de dégâts que celles auxquelles se livraient les peuples des temps anciens. Les coups de bourse ont remplacé les coups de canon, les déferlements médiatiques ravagent autant que les propagandes étatiques, les attentats aveugles autant que les bombardements. Pendant ce temps, la nature se meurt en silence, vampirisée pour les besoins des industriels, empoisonnée par les pollutions les plus diverses. Si bien que les mers se désertifient, les terres s'assèchent ou sont noyées sous des trombes d'eau, les forêts primaires ne sont plus qu'un souvenir… et la température monte, lentement, inexorablement. Le plus incroyable, c'est qu'en plein cœur du vingt et unième siècle, tout cela se déroule sous le regard épouvanté des scientifiques qui n'ont quasiment aucune influence sur ceux qui détiennent les clés du pouvoir. Sans parler des *acteurs économiques* qui, pour la plupart, ne voient pas plus loin que le bout de leurs comptes.

Jason s'engagerait bien contre ces fatalités, mais il ne se sent pas l'âme d'un militant. Peut-être un jour finira-t-il par rejoindre l'une de ces organisations qui tentent de défendre l'environnement, malgré leurs moyens dérisoires. Son expérience d'hier et ce coup au cœur porté par les assassins de la mer devraient l'aider à se décider. Par exemple, il pourrait en choisir une qui s'occupe de la protection des mammifères marins.

Oui, je vais le faire! se dit-il, le regard perdu aux confins de l'océan.

— Jason ? l'appelle Jack, le tirant brusquement de ses pensées.

— Qu'est-ce qu'il y a ? demande le jeune homme en rejoignant son père dans la cabine de pilotage.

— On va avoir de la visite.

6

Les pirates attaquent !

Debout devant la console de pilotage, Jack désigne une tache en forme de grain de riz qui s'est détachée du baleinier et progresse sur l'écran bleu du radar, vers le centre qui représente la position du voilier. Un chiffre en dessous indique sa vitesse.

— Quarante nœuds ! s'exclame Jason. Ma parole, c'est un hydrospeed !

— C'est un hydrospeed, confirme son père. En poussant à fond le moteur, nous pouvons espérer du vingt-deux nœuds, ce qui nous laisse une quinzaine de minutes pour préparer la défense.

— Parce que tu crois que… ?

Jason n'ose pas achever sa phrase.

— Je ne crois pas, je suis sûr, confirme Jack.

L'adolescent prend une profonde inspiration. Son cœur bat la chamade et une boule d'angoisse lui noue l'estomac. Il admire son père qui paraît conserver un calme d'amiral intergalactique, comme dans les films de science-fiction. Mais, pour l'heure, c'est une attaque pirate bien réelle.

— Qu'est-ce qu'ils peuvent nous faire ? s'inquiète Jason.

— Au mieux nous faire peur, au pire nous tuer.

— Merci de me rassurer.

— Tu sais, mon grand, il ne faut pas se cacher derrière son petit doigt. Je connais ce genre d'individus, ils n'ont ni morale ni aucune autre valeur que celle de l'argent… Dans ma cabine, le tiroir de droite sous le lit, il y a un pistolet. Va le chercher.

— J'y cours !

— Attends ! Autre chose : enfile ta combinaison de plongée. (Jason le dévisage, interrogateur.) S'il ne nous reste que cette solution, nous quitterons le voilier. Avec une cartouche d'oxygène de douze heures et en activant la balise de détresse, ça nous laissera une chance. Va, et fais vite.

Moins de cinq minutes plus tard, Jason est de retour, en combinaison bleu. Il s'est armé d'un fusil harpon de chasse sous-marine.

– Tiens, papa, dit-il en posant le pistolet et deux chargeurs sur une tablette fixée à la console de commande.

Son père le remercie d'un signe de tête, puis esquisse un bref sourire en voyant comment son fils compte défendre chèrement sa peau.

– Du nouveau ? demande celui-ci.

– L'hydrospeed se rapproche et nous sommes encore dans le périmètre anti-ondes des braconniers. (Il se lève.) Je vais m'équiper. Pendant ce temps, surveille la radio et tiens-toi prêt à répondre. J'ai enclenché le rappel automatique.

– Et si j'ai les garde-côte, je leur dis quoi ?

– Hello, on s'amuse bien, c'est super les Bermudes !

Confus, Jason baisse les yeux.

– D'accord, j'ai compris, je me débrouillerai comme un grand.

Sans ajouter un mot, Jack tourne les talons. Pendant son absence, le garçon ne quitte pas des yeux le point lumineux blanc lancé à leur poursuite. D'ici quelques minutes, il pourra l'apercevoir sans jumelles depuis la poupe du voilier. Il imagine des matelots hirsutes, aux mines patibulaires, le couteau entre les dents, tels que les décrivent les vieilles histoires de pirates. Il soupçonne quand même qu'ils ressemblent plutôt aux membres d'une mafia : costauds, le crâne rasé, la tenue blanche et bleu marine de matelot impeccable, et le regard aussi expressif que celui d'un squale.

Soudain, les haut-parleurs crachent l'appel en anglais émis en boucle par Nautilus : « Ici, voilier touristique 2-42 FR – code international Zelda. Appel de détresse à tout navire sur zone de réception, répondez s'il vous plaît ! »

— Papa ! Ça y est, ça passe ! s'écrie Jason.

Il bondit du fauteuil de pilotage pour se précipiter à la porte de la passerelle.

— Papa, Nautilus envoie le message ! On est sortis de la bulle !

Sur le pont arrière, Jack, qui a enfilé sa combinaison, achève de programmer sur l'écran de commande fixé sur son avant-bras gauche les paramètres de leur éventuelle plongée. Une paire de jumelles laser est posée près de lui sur le toit de l'habitacle.

– Parfait, retourne au poste et réponds dès que quelqu'un parle, ordonne-t-il.

Jason acquiesce. Avant de faire volte-face, il aperçoit au loin l'hydrospeed des braconniers lancé dans leur sillage. C'est un hors-bord double coque de type hydrofoil. Il vole littéralement au-dessus des vagues, propulsé par une turbine à réaction. Un tel monstre battrait la vedette la plus rapide du monde.

– Papa, ils arrivent !

– J'ai vu ! Bon sang, retourne à la radio !

À peine Jason est-il de nouveau assis dans le fauteuil qu'une voix masculine retentit, s'exprimant en américain avec un bel accent floridien :

> – *Here, the Vero Beach coastguards base! Do you copy!*

– *Hello!* Nous sommes… *oh, sorry! We are continued by poachers! Help! Help!*

— *What's your position?**

— Notre position, notre position…, répète fébrilement Jason.

Dans l'affolement, il ne sait plus comment on interroge Nautilus à ce sujet.

— C'est pas vrai ! maugrée-t-il.

— *Your position, please?*

— *Wait a minute!***

À l'arrière, jumelles en main, Jack est en train d'observer l'approche des braconniers. Ce qu'il voit à cet instant lui fait bondir le cœur dans la poitrine : l'hydrospeed a ralenti sensiblement sa vitesse afin de faciliter la progression d'un homme sur la coque bâbord. Celui-ci porte sous un bras un tube sombre muni d'un viseur. Jack connaît ce type d'engin, c'est un lanceur de missiles à guidage laser qui jamais ne rate sa cible. Dans une

* — Ici, la base des garde-côte de Vero Beach ! À vous !

— Bonjour ! [Nous sommes…] oh, pardon ! Nous sommes poursuivis par des braconniers ! À l'aide ! À l'aide !

— Quelle est votre position ?

** — Votre position, s'il vous plaît ?

— Attendez une minute !

poignée de secondes, son voilier ne sera plus qu'une nappe de débris à la surface de l'océan. Il laisse tomber les jumelles et se précipite vers la passerelle en hurlant :

— Jason, on évacue !

S'agitant sur le fauteuil de commandement, le garçon n'écoute que son affolement.

— Papa, je sais plus comment faire apparaître notre position sur Nautilus.

— Trop tard ! Suis-moi !

— Mais papa, j'ai les gardes-côte à la radio !

— Ils vont faire sauter le voilier. Viens !

Sans chercher à comprendre, Jason se rue avec son père à la proue. Aussi vite que possible, ils ajustent leur visage de plongée, enclenchent la pressurisation dans la combinaison, puis vérifient succinctement que les systèmes de contrôle et de sécurité sont opérationnels.

— C'est bon. Vas-y, Jason ! Et surtout ne refais pas surface !

L'adolescent n'a pas une hésitation. Il enjambe le bastingage et disparaît dans la vague creusée par l'étrave du bateau. Sur le pont, Jack se met en place pour le rejoindre sans même s'accorder une seconde pour jeter un regard vers les pirates. Bien lui en prend car il saute à la mer alors même qu'un souffle, pareil à une énorme claque, le pousse dans le dos avec violence. Jason, qui se maintient à un mètre de profondeur, voit à travers l'eau le yacht de son père se transformer en une formidable boule de feu. Des centaines de morceaux, comme autant de projectiles, crèvent la surface avec des claquements aussitôt étouffés. Plusieurs l'atteignent, dont un qui lui entaille l'avant-bras droit.

— Papa ! Papa, tu m'entends ?

— Oui, je ne suis pas loin, répond Jack. J'ai pris un coup derrière la tête, mais ça ira. On va descendre à dix mètres.

— D'accord.

À cet instant, l'hydrospeed passe au-dessus d'eux. Il s'immobilise un moment au milieu des débris du voilier puis, brusquement, effectue un demi-tour avant de s'éloigner aussi vite qu'il a surgi. Le silence de la mer règne à nouveau mais, pour la première fois depuis qu'il le connaît, Jason lui trouve un aspect sinistre et oppressant, comme si l'on venait d'abattre au-dessus d'eux la dalle d'un tombeau.

— Eh bien voilà, soupire Jack, j'ai plus qu'à me racheter un bateau. Mais au moins, on n'a plus les braconniers sur le dos. Ça fait un premier problème réglé.

— Le deuxième, c'est quoi ?

— Trouver à s'occuper en attendant qu'on vienne nous chercher.

C'est alors que Jack s'aperçoit qu'un nuage rouge s'échappe de l'avant-bras de son fils.

— Tu es blessé ?

— Une égratignure, c'est rien.

— Non, c'est grave ! Si des requins croisent dans le secteur, ça va les attirer. Il faut arrêter ce saignement.

— Je veux bien, mais comment ?

— Cherchons un morceau de tissu pour faire un garrot. On va trouver ça en surface.

— J'en vois un ! On dirait mon jogging rouge… du moins, un bout.

— Reste là, je vais le chercher.

La blessure de Jason garrottée, il ne leur reste qu'à espérer que les secours les trouvent à temps – c'est-à-dire avant les requins. Jack a enclenché la balise de détresse incorporée à son équipement, facilement localisable, même en profondeur… à condition qu'il se trouve quelqu'un pour la repérer.

Une heure passe, dans le silence et une relative sérénité. Jusqu'à ce qu'une silhouette fuselée se profile au loin.

7

Les dents de la mer

Les naufragés n'ont pas mis longtemps à identifier le monstre en approche.

– Un requin blanc ! Papa, il est énorme !

– Il faut que tu restes calme, Jason. Si on s'agite, ça ne fera que l'exciter.

Le jeune homme se met à gémir de terreur.

– Je vais me faire bouffer ! Papa, regarde mon bras, il saigne encore.

– Je sais comment le contrer s'il attaque.

Jack repère, flottant au-dessus d'eux, un éclat de coque en polycarbone, de forme vaguement effilée. Il monte le chercher, puis redescend rapidement se placer devant son fils. Le requin reste pour le moment à distance prudente, apparemment indifférent aux deux plongeurs qui ne le quittent pas des yeux. Puis il prend le large, créant un éphémère soulagement.

— Le revoilà ! s'écrie Jason.

Le squale effectue de larges cercles autour des deux humains. Après quelques tours supplémentaires, il décide de se rapprocher, pour mieux évaluer à l'odorat et à la vue l'intérêt de ces proies éventuelles. Celles-ci émettent de drôles de sons, désagréables pour ses capteurs sensibles. L'une des deux exhale cependant une délicieuse odeur de sang qui commence à lui aiguiser l'appétit. Il faut qu'il morde ! Le squale nage lentement vers les deux silhouettes mais, avant qu'il n'ouvre la gueule, l'une d'elles lui heurte le museau avec un dard, là où se trouvent ses récepteurs sensoriels les plus délicats. Le requin se détourne vivement, puis s'éloigne. En d'autres circonstances, il n'y serait pas revenu, mais cet irrésistible parfum d'hémoglobine l'incite à toutes les audaces.

Jason remonte précipitamment en surface récupérer à son tour un débris de coque pointu.

— Tu crois qu'il va nous lâcher ? s'angoisse-t-il, tout en se tenant prêt à repousser une prochaine attaque.

— Si on lui fait assez mal, oui, répond Jack.

Il aimerait bien croire que c'est aussi simple, mais si ce fabuleux prédateur est déterminé à les inscrire à son menu, il ne se fait aucune illusion sur l'efficacité de leurs armes.

Le cœur de Jack se serre avec violence car le grand blanc revient vers eux en droite ligne. Quelques mètres avant d'atteindre ses proies, il ouvre une gueule démesurée, hérissée de crocs en triangle. Jason reste tétanisé d'épouvante devant cette immonde caverne de chair qui va l'engloutir.

— Fous le camp ! s'écrie Jack en frappant avec son morceau de coque le flanc du requin.

Cette riposte inattendue fait tressaillir l'animal, dont les mâchoires se referment sur la planche de Jason, la réduisant en miettes d'un seul coup. Cédant à la panique, l'adolescent perd le contrôle de lui-même. Il remonte avec des gestes frénétiques, le souffle haletant et irrégulier. Jack le rejoint près de la surface.

— Ça ira, il est parti, dit-il en le serrant dans ses bras. Calme-toi, Jason.

— On s'en sortira pas ! gémit le garçon, les mâchoires crispées comme s'il avait la fièvre. On va mourir, papa ! On va mourir !

— Écoute-moi, mon fils, il faut se battre ! Tu entends, il faut lutter jusqu'au bout ! Alors, je t'en prie, reprends-toi... Respire... comme à l'escrime.

Jason acquiesce de la tête.

— C'est bien, l'encourage Jack. Je suis fier de toi. Allez, on va te chercher une nouvelle planche.

— Une planche de salut, articule Jason en reniflant.

— Oui, c'est le cas de le dire. Elle ne nous a pas encore eus, cette saleté de mangeur d'hommes. Elle ne sait pas à qui elle a affaire.

— Tu ne devrais dire ça, papa, réplique Jason malgré ses difficultés à reprendre la maîtrise de son mental.

— Ça quoi ? Tu crois vraiment que je vais le laisser nous...

— Mais non ! le coupe l'adolescent qui doit de surcroît supporter un violent mal de tête. Un requin, ce n'est pas une saleté, encore moins un mangeur d'hommes. C'est juste un acteur indispensable de la chaîne alimentaire.

— Il est au sommet. S'il disparaissait, tu crois vraiment que ça changerait quelque chose ?

— C'est nous qui sommes au sommet. Et puis, les humains ne sont pas des prédateurs, ce sont des massacreurs. Je t'assure, papa, faut pas le voir comme ça. Des mers sans requins, ce serait comme une savane sans lions… et…

Jason doit reprendre sa respiration, se calmer pour éviter une nouvelle poussée d'adrénaline, liée cette fois à la colère. Mais peut-être, au fond, est-ce une bonne chose, car il se sent déjà mieux. En tout cas, Jack préfère capituler :

— Ok, mon garçon, je m'incline. Tu as raison, évidemment. Et c'est très bien que tu me le rappelles. Bon, il est où notre superprédateur ?

Il se retourne et aperçoit le requin blanc s'éloigner de sa nage lente. *S'il revient*, pense-t-il, *c'est fini pour nous*. Car il n'ignore pas qu'un tel chasseur sait s'adapter très vite à de nouvelles proies.

★★★

Après un quart d'heure d'attente dans l'angoisse, la silhouette du squale réapparaît.

— Dis, papa, tu crois qu'il y a quelque chose après la mort ? demande Jason.

— Écoute, comme je n'y suis jamais allé voir, j'en sais rien. Mais pourquoi pas ?

— Moi, j'y ai fait un petit tour quand je me suis noyé, et je crois bien me souvenir que c'était très chouette. Y a plein de filles sympas et aucun salaud pour chasser les baleines.

— À propos de baleines, regarde qui pointe son nez, à cinq heures.

Jason se retourne et aperçoit à son tour une gigantesque forme fuselée, flanquée de deux longues nageoires blanches.

— Je le crois pas ! s'écrie-t-il. Ohé ! Par ici ! On est là !

Il agite son bras libre comme si, vraiment, les secours arrivaient. De fait, une deuxième puis une troisième baleine apparaissent. Jack garde un œil sur le requin blanc qui ne semble pas apprécier l'approche des mastodontes. Mais l'appel de l'estomac ne sera-t-il pas plus fort que la crainte ? En vérité, c'est justement la faim qui le fait changer de cap car, dans le sillage des baleines, flotte une puissante odeur de sang. Le requin blanc décide de remonter cette piste qui mène au théâtre d'une monstrueuse boucherie, dont il ne reste qu'un vaste nuage rouge.

★★
★

Les naufragés se sentent maintenant en sécurité, ainsi cernés par des sentinelles de plusieurs dizaines de tonnes. Les cétacés se déplacent autour d'eux, les observant avec curiosité et une évidente bienveillance. De temps en temps, fusent des chants dont le timbre limpide est perçu par les humains comme des paroles d'apaisement. Puis les premières baleines s'éloignent, remplacées par d'autres qui ne font que passer. Ensuite, une heure durant, plus d'une centaine de spécimens défilent. Jack et son fils ne trouvent pas de mot pour commenter ce grandiose spectacle musical. Ils en oublieraient presque qu'ils sont perdus en plein océan, sans aucune certitude d'être retrouvés par des sauveteurs. Si bien que lorsque les secours arrivent, ils en sont presque surpris…

— Zelda 2-42, me recevez-vous ? appelle une voix dans un français sans accent.

La liaison s'est établie automatiquement avec le système radio de leur casque de plongée. Jason n'en croit pas ses oreilles.

— Papa, tu as entendu ça ? J'ai rêvé ou quoi ?

— Non, c'est sûrement un croiseur de la marine internationale.

— Zelda 2-42, à vous entendre tout va bien, dit la voix.

— Ça va, répond Jack. On ne vous attendait pas si tôt, on vient juste de terminer une partie de foot avec un grand blanc. Où êtes-vous ?

— À la verticale de votre position, dans un hélicoptère du porte-avions international Poséidon…

— Un porte-avions, waouh ! s'écrie Jason en levant les pouces.

— Heureux de vous entendre. Je suis l'aspirant Morel.

— Enchanté, aspirant Morel. On arrive !

— Une nacelle vous attend.

Tout en gagnant la surface, Jason demande :

— Monsieur Morel, est-ce que les braconniers ont été arrêtés ?

— Quels braconniers ?

Le jeune homme comprend que les tueurs ont filé. Tandis qu'on l'hélitreuille avec son père, il songe que sa vie vient de basculer dans un nouvel âge, sans doute celui du combat, contre les bouchers de la mer.

8

Vidéomails

Après avoir été revêtus de l'uniforme gris de la marine internationale, puis avoir reçu le mot de bienvenue du commandant, les naufragés ont quartier libre, ce qui ne veut pas dire qu'ils peuvent se promener à leur guise n'importe où dans cette formidable base navale mobile qu'est le Poséidon. Les zones dites *rouges*, fort bien signalées, leur sont interdites. L'aspirant Morel, détaché pour leur servir de guide, leur propose de se détendre avant le déjeuner au mess des officiers.

— Ensuite, je vous proposerai une première visite du vaisseau.

— Une première ? relève Jason.

— Le Poséidon est une véritable cité flottante : cinq cent vingt mètres de long, sept ponts, quatre mille femmes et hommes d'équipage…

— Impressionnant, reconnaît Jason. En attendant le repas, est-ce que je peux adresser un vidéomail à ma mère ?

— Bien sûr, je vais vous conduire au centre de communication.

— Tu viens, papa ?

— Pas tout de suite, je vais remonter au poste de commandement, j'ai quelque chose à demander au contre-amiral. Si l'aspirant le permet ?

— Bien sûr, tant que vous veillez à ne pas vous égarer dans une zone rouge.

— Je respecterai les consignes, je vous le promets. Je te retrouve tout à l'heure, Jason, au mess des officiers.

— Ok, p'pa !

— Alors à tout de suite. Et… tu embrasses maman pour moi.

— Tu peux me faire confiance, répond le jeune homme avec un clin d'œil.

⁂

Une fois installé devant un écran avec cellule-caméra et clavier digital sur le plan de travail, Jason commande l'apparition de la fenêtre de vidéomails. Il fait mine de se concentrer en se prenant le front dans une main, et en profite pour jeter un coup œil vers l'aspirant Morel. Celui-ci s'est éloigné au fond de la salle où une dizaine de techniciens, les yeux rivés sur des écrans, surveillent le trafic invisible des ondes sur une vaste zone autour du bâtiment. Jason se demande si les deux messages qu'il a l'intention d'envoyer vont être contrôlés. Il aurait pu poser la question à l'aspirant, mais cela aurait risqué de lui mettre la puce à l'oreille. *De toute façon*, se dit-il, *ce n'est pas moi qui risque de transmettre des secrets militaires à un ennemi*. Il saisit donc l'adresse du premier destinataire, qui n'est pas sa mère mais Ahmed, son meilleur copain de classe, d'origine tunisienne. Un minuscule point rouge apparaît au-dessus de la cellule-caméra incrustée dans le cadre supérieur de l'écran. Un clic de l'index sur le clavier virtuel et la diode passe au vert.

« Salut Ahmed, c'est Jason ! (Il plisse un sourire en coin.) Comme tu le vois, je suis toujours vivant.

> Mais tiens-toi bien, je t'adresse ce vidéomail du porte-avions international Poséidon. Non, non, ce n'est pas une blague ! Écoute, j'ai pas beaucoup de temps, alors je vais te raconter en trois mots ce qui nous est arrivé, à mon père et moi, du côté des Bermudes, là où se rassemblent les baleines. T'es forcément au courant… »

Jason donne ensuite un récit plus détaillé que prévu de sa mésaventure sous-marine. Il ne tait qu'une chose : l'incroyable aventure qui l'a amené à recevoir, à soixante mètres sous l'eau, l'avertissement des baleines. Puis il conclut son message :

> « D'ici mon retour, je ne pourrai peut-être pas te reparler. Mais pour les détails, on aura tout le temps avant la rentrée. J'aimerais juste que tu accuses réception de mon vidéomail, en me disant par exemple : “Salut, vieille canaille, encore sous l'eau ?” Allez, je te serre la pince, Ahmed. À jeudi au plus tard. »

Un petit clic de l'index sur un cercle rouge et le message filmé s'envole vers la France. Jason passe ensuite à l'enregistrement pour sa mère. Celui-ci sera beaucoup plus concis : pas de mention du bateau réduit en miettes d'un coup de missile, pas de récit effrayant sur leur combat contre les dents de la mer… rien que des nouvelles banales, mais assorties de cette information capitale :

> « Au fait, papa t'aime comme tu peux pas l'imaginer. Si tu voyais ses yeux de chien battu quand je lui parle de toi… Bon, maman, je t'embrasse et je te dis à dans… dix jours, peut-être même douze… Ah oui, c'est vrai qu'il y a la rentrée au lycée ! Je me demande si je ne vais pas me faire porter disparu dans le Triangle des Bermudes. (Il adresse un regard espiègle à la cellule caméra.) Mais non, je rigole ! En fait, je serai de retour demain ou après-demain. Je t'expliquerai pourquoi on a dû écourter la traversée avec papa. En fait, il nous est arrivé un truc incroyable. Mais peut-être que ce serait mieux si c'était lui qui te le racontait… Allez, on en recause bientôt. Smack ! »

Le vidéomail expédié, il se lève pour rejoindre l'aspirant qui se tient debout, mains dans le dos, derrière une opératrice radio portant un casque à visière vidéo.

— Ça y est, Monsieur Morel, c'est parti !

— Parfait, lâche l'officier avec un petit sourire en coin des plus suspects.

– Euh… c'est vraiment parti ? s'inquiète Jason.

– Absolument. Nous avons juste biffé la mention qui évoque notre vaisseau. Il n'est pas nécessaire qu'on sache que nous croisons au large des Bermudes. Pour le reste, c'était très instructif. Alors, comme ça, vous avez failli vous faire croquer par un grand blanc ?

L'adolescent hoche la tête en se disant qu'il a été bien inspiré de ne pas lâcher qu'il avait été entraîné par des baleines dans un étrange ballet abyssal. Il serait sûrement passé pour un fabulateur doublé d'un sacré vantard, ce qu'il déteste par-dessus tout.

★★★

Un peu plus tard, il retrouve son père dans l'un des luxueux salons réservés aux officiers du Poséidon. Aussitôt installés dans de confortables fauteuils vert jade, un serveur leur apporte, sans qu'ils aient passé commande, un cocktail hawaïen sans alcool. Une musique douce crée une ambiance feutrée, tandis qu'une immense baie vitrée offre un panorama lumineux sur l'océan. Le tête-à-tête commence par des banalités :

– C'est bon, ton message est parti ? demande Jack.

— Et bien parti, avec ta bise pour maman.

— Parfait… merci.

Le quinquagénaire se passe une main sur la barbe, baisse le regard, montre des signes évidents d'embarras. Jason l'observe avec amusement et un petit pincement d'émotion, car il sait ce qui perturbe son père. Une suggestion judicieuse devrait l'aider :

— Ça te dirait de venir à Paris quelques jours, lâche-t-il sur un ton détaché, histoire de te remettre de tes émotions ?

— Hein ? Oh, je… Tu crois ?

— Tu es en vacances jusqu'à quand ?

— Je dois être à Bangkok le 10 septembre. Mais, d'ici là, je fais ce que je veux de mes journées.

— Alors, on dira que c'est décidé.

Ils trinquent puis, durant le long silence qui suit, chacun plonge dans ses propres préoccupations. Jason esquisse une légère grimace en posant une main sous son plexus.

— Tu as mal au ventre ? l'interroge son père.

— Non, non, c'est juste… une boule.

— De stress ?

— Oui. Ça va passer, ce n'est rien.

— Tu sais, quand on est rescapé d'une attaque de requin blanc de plus de trois mètres, c'est plutôt normal d'avoir des réactions d'angoisse.

Jason esquisse un sourire.

— Bien sûr, dit-il, mais je ne crois pas que ça vienne de là. (Il prend une profonde inspiration pour dénouer un peu cette satanée pelote d'anxiété.) J'aimerais bien comprendre pourquoi les baleines m'ont entraîné vers le fond. Si elles voulaient me montrer quelque chose, c'est raté parce que je n'ai rien vu du tout.

— Même pas une image mentale ? s'étonne Jack.

— Non. Juste cette impression qu'il va se passer quelque chose d'important et qu'on doit le savoir.

Le médecin affiche une moue de scepticisme. Il ne voit pas autre chose dans ces impressions qu'un effet psychologique post-traumatique. Rien de préoccupant, mais qui nécessite de garder une certaine vigilance.

9

Le monstre des abysses

Quatre jours se sont écoulés avant que Jason retrouve Paris, sa mère et sa chambre dans leur coquette maison de la banlieue ouest. Transporté en hélicoptère du Poséidon vers le continent le plus proche – l'Amérique du Nord – puis par avion de ligne jusqu'à Paris, Jason n'a pas eu le temps de s'ennuyer ou de ruminer sur son expérience sous-marine, ni même sur la rentrée scolaire qui approche. En revanche, à peine réinstallé dans son domaine où abondent pourtant les distractions, de la console de jeux 3D aux lunettes à immersion totale pour visionner des films, en passant par sa mégabibliothèque numérique qui tient dans un seul cube mémoriel, une étrange et déplaisante mélancolie l'étreint.

C'est comme si une porte venait de se refermer sur le brouhaha du monde extérieur, le plongeant dans le silence de l'isolement.

Il est vingt-deux heures. Assis sur son lit, mains sur les cuisses, le regard dans le vague, il essaie d'analyser son état d'esprit. « Mieux comprendre pour mieux maîtriser », comme le lui répète souvent son père. Mais même cette réflexion l'indispose, c'est dire son état de lassitude ! Histoire de se plomber un peu plus le moral, il se culpabilise de n'avoir pas pu, ou voulu, faire ce soir bonne figure à sa mère, suscitant chez elle une inquiétude qu'elle n'avait pas cet après-midi en venant le chercher à l'aéroport. C'est pendant le dîner que son état d'esprit a commencé de changer, sans qu'il puisse savoir quelle pensée lui avait traversé l'esprit pour l'assombrir à ce point. Devant son visage fermé, Corolline lui a proposé une soirée *home cinéma*, avec le film de son choix. Il a refusé. Elle lui a suggéré de contacter Ahmed, pour lui proposer de venir et même dormir chez eux. Là encore, Jason a rejeté l'idée, prétextant qu'il avait plus envie de se reposer que de supporter l'interrogatoire enthousiaste de son copain. *Pourtant*, songe-t-il, *il n'existe pas de meilleure médication contre la morosité que ce garçon-là…*

Cette pensée lui donne le petit coup de fouet salutaire dont il a besoin…

Il se lève, puis s'installe à son bureau sur lequel trône son écran-PC. D'une pression sur une touche en bas à gauche du cadre, il allume l'appareil qui entre en fonction instantanément. Par commande vocale, il ordonne :

« Appeler Ahmed sur son adresse personnelle ! »

Peu après, le visage ambré de son copain apparaît sur l'écran, et sa voix retentit avec une légère résonance :

– Salut Jason ! Alors, ça y est, fini les vacances sous-marines ?

Le jeune homme acquiesce mollement de la tête.

– Salut. On se voit demain, si tu veux ?

– Y a intérêt ! D'autant que j'ai une nouvelle d'enfer à t'annoncer, un truc qui va te faire sauter au plafond.

Jason esquisse un sourire grimaçant. Une intuition lui dit qu'il ne va pas aimer la suite. Ahmed poursuit :

– Tu sais que mon frère est technicien de plateau chez TV-Europe ? Je lui ai parlé de ce qui vous est arrivé vers les Bermudes : le requin, le voilier réduit en miettes…

et sans que je lui demande rien, il en a parlé à Marc Chèze. Tu vois un peu ?

Jason voit, mais n'apprécie guère. Le Chèze en question est l'animateur d'une émission télévisée dite *populaire*, qui ne fait pas dans le subtil, mais plutôt dans les faits divers spectaculaires ou l'événement *people* croustillant.

— Eh bien, tu ne vas pas le croire, reprend Ahmed, Chèze est prêt à t'inviter à son émission *Héros du jour, héros d'un jour* !

L'information laisse, en apparence, son copain de marbre.

— C'est pas une blague, Jason. Tu vas vraiment passer à la web-TV ! Enfin, ce n'est pas encore sûr à cent pour cent, mais c'est comme si c'était fait. Marc Chèze devrait t'appeler demain ou dans la semaine. T'es content, non ?

— Non, lâche Jason en réponse.

L'expression enthousiaste d'Ahmed meurt sur son visage.

— Tu me charries ou quoi ?

— Si je me souviens bien, dans le vidéomail que j'ai enregistré pour toi sur le Poséidon, je t'ai demandé de ne pas raconter mon histoire à n'importe qui…

— Hé ! mon frère, c'est pas n'importe qui ! le coupe Ahmed.

Jason ne se sent pas le courage de monter le ton.

— Franchement, soupire-t-il, qu'est-ce que j'aurais à gagner à me montrer dans cette émission ?

— Dix-huit millions de web-téléspectateurs chaque semaine… et encore, c'est qu'une moyenne. Ça me paraît une bonne raison !

Jason baisse le regard en songeant que, s'il continue à discuter avec son copain, il en a pour la nuit et, de guerre lasse, il finira par se laisser convaincre. C'est pourquoi il choisit d'esquiver :

— On verra. Et de ton côté, les nouvelles ?

Le jeune Tunisien ne cache pas sa déception. De toute évidence, il se faisait une joie d'annoncer à son meilleur ami sa « nouvelle d'enfer » et ne s'attendait pas à une telle tiédeur.

— Rien de spécial, finit-il par répondre. J'ai juste un pote à qui il est arrivé un truc dingue…

Il marque volontairement un temps de silence, le regard droit et fixe.

— Ouais, et alors ? l'encourage Jason, d'un air blasé, car il a déjà deviné la suite.

— Une aventure incroyable, comme on en lit que dans les bouquins. On lui a même proposé de passer à la télé dans une super émission, mais tiens-toi bien, cet idiot a envoyé paître le copain qui lui a trouvé cette occasion unique de devenir célèbre.

Affligé, mais amusé, Jason secoue la tête.

— Faut pas m'en vouloir, Ahmed. C'est parce que je ne suis pas très bien en ce moment…

— T'es malade ?

— Non, fatigué seulement. Et puis, il va y avoir la rentrée. Je t'assure, j'en ai vraiment rien à fiche de passer à la télé, encore moins dans une émission comme celle-là. Trouve-moi plutôt une interview sur Canal Aventure ou Culture Monde.

Ces deux chaînes culturelles sont de qualité, certes, mais à diffusion nettement plus confidentielle que

TV-Europe. Ahmed préfère limiter sa réplique à un haussement d'épaules. Il n'a pas, pour autant, dit son dernier mot.

– Écoute, Jason, prend le temps de réfléchir. Tu fais un gros dodo avec ton nin-nin et, demain, on en reparle, d'accord ?

– C'est ça, on en reparle demain, consent Jason en sachant qu'il n'aura de toute façon pas changé d'avis.

Les deux amis discutent encore un moment, se donnant diverses nouvelles sur les copains et les copines, puis Jason prétexte, pour abréger la conversation, qu'il a vraiment besoin de se reposer. Ils se donnent donc rendez-vous au lendemain, puis mettent fin à la communication.

Sur l'écran, un fond océanique turquoise, traversé par des bancs de poissons argentés et des dauphins facétieux, remplace le visage d'Ahmed. Jason contemple avec ravissement ce tableau vivant. Même en réalité virtuelle, l'océan est pour lui un univers de sérénité, ce dont, précisément, il a grand besoin en ce moment. Il en pleurerait d'émotion.

Quand, soudain, une épouvantable sensation d'étouffement l'envahit, une bouffée de panique qui lui comprime la poitrine et l'oblige à inspirer plusieurs fois profondément par la bouche. Il ferme les yeux, secoue la tête.

« Qu'est-ce qui m'arrive ? » s'interroge-t-il à voix haute.

Il se lève et marche un moment de long en large dans sa chambre, jusqu'à ce que son cœur retrouve un rythme à peu près normal. Puis il s'immobilise et cherche autour de lui un dérivatif à son angoisse. Malheureusement, rien n'accroche son regard. Pire, tout ce qui fait habituellement ses petits bonheurs de lycéen branché lui paraît futile et bien dérisoire. C'est alors seulement, après l'avoir rejetée comme une ineptie pour un garçon de sa trempe, qu'il accepte la possibilité d'avoir été gravement traumatisé par son aventure sous-marine. Cette souffrance lui apparaît comme un monstrueux parasite qui se serait installé dans son inconscient et commencerait à le ronger de l'intérieur. Effrayé à l'idée qu'il puisse devenir dépressif, il décide d'aller faire sa toilette et de se coucher, en espérant que la fatigue l'aidera à sombrer dans le sommeil comme une pierre au fond de l'eau.

Une fois au lit, toutes lumières éteintes, il essaie de continuer sur sa liseuse un roman d'aventures commencé le matin dans l'avion, et qui l'a accroché dès la première page. Hélas, ainsi qu'il le craignait, il n'arrive pas à se concentrer. S'apercevant qu'il vient de relire trois fois la même phrase sans en comprendre le sens, il décide de renoncer. Il éteint l'appareil et se retrouve dans l'obscurité. D'habitude, il apprécie ce moment magique entre la lecture du soir et l'endormissement, où il se laisse emporter par son propre imaginaire. Mais ce soir, ce sont les ténèbres qui l'habitent, avec cette sensation d'oppression qui ne semble pas décidée à le lâcher. Il s'allonge et, comme lorsqu'il était petit, s'enfouit sous ses couvertures dans son *bunker anti-peur-du-noir*. Le besoin d'oxygène le fait bientôt ressortir. Il se tourne et se retourne un moment puis, doucement, enfin, glisse vers une somnolence peuplée de visions de vacances plutôt agréables : plage et cocotiers, voilier et exploration sous-marine… Parvenu à la frontière du rêve, il retrouve ce monde du silence qu'il aime par-dessus tout, cet espace limpide qui offre toutes les nuances de bleu, du plus cristallin presque argenté, près de la surface, au plus sombre de la nuit abyssale. Il se voit progresser comme une baleine, avec grâce et lenteur, environné d'ombres qui lui paraissent familières. La présence de son père, bien qu'invisible, le rassure. Tout est si calme. Aucune sensation de pression ne l'étreint, il ne perçoit ni chaleur ni fraîcheur, l'eau est aussi impalpable que l'air, tandis qu'autour de lui, ses amis cétacés sont…

Il se retourne vivement et s'aperçoit qu'ils ont disparu. D'un coup ! Aussi loin que porte son regard, l'océan est vide, déserté de toute présence animale. Un déplaisant sentiment d'abandon l'envahit. Pourquoi les baleines sont-elles parties ? Que va-t-il se passer ? Son cœur se met à battre la chamade. Une menace approche, il en est sûr, venant de… sous lui ! Il baisse les yeux vers les profondeurs océaniques qui ne sont que ténèbres. Bientôt, pourtant, il lui semble que des mouvements s'y produisent, pareils à des remous dans une eau saturée d'encre noire. Alors résonnent les chants des baleines, des dizaines de mélopées aiguës qui s'entrecroisent à travers l'espace sous-marin tels des fantômes hurleurs. Jason observe à nouveau l'abysse. Il y a quelque chose, là-bas, tout en bas !

« Papa ! Est-ce que tu vois ? Ça bouge ! »

Il frissonne jusqu'à la racine des cheveux.

« Qu'est-ce que c'est ? »

Ce qui n'était jusque-là que de vagues mouvements prend forme : deux globes pâles et une caverne hérissée d'immondes crocs effilés apparaissent. Cela ressemble à une gueule de poisson des grands fonds, une de ces espèces parmi les plus affreuses que la nature ait jamais engendrée. Jason tente de remonter vers la surface, mais ses membres sont atrocement ankylosés. Impossible de nager. À peine peut-il bouger les bras pour tendre les mains en un dérisoire geste de protection. Puis, soudain, le monstre monte vers lui, grossissant à une vitesse hallucinante. Il devient gigantesque !

« PAPA ! » hurle Jason.

La bête ouvre la gueule et engloutit le jeune homme comme une ablette…

10

Confession et décision

Jason se redresse en émettant un râle aspiré, comme s'il crevait la surface de l'océan, à la limite de l'asphyxie. Un choc sourd se produit à sa gauche. C'est sa liseuse qui vient de tomber sur la moquette. L'adolescent suffoquant cherche à tâtons l'interrupteur digital qui commande l'éclairage de sa chambre. Car il est incapable d'articuler un son pour utiliser la commande vocale. Blême et le front luisant de sueur froide, il halète tout en revoyant avec une parfaite netteté le monstre des abysses qui l'a dévoré en une bouchée.

« Qu'est-ce qui m'arrive ? Bon sang, qu'est-ce que j'ai ? » murmure-t-il, les yeux encore écarquillés d'effroi.

La porte de la chambre s'ouvre lentement. Le visage de Corolline apparaît, mais Jason ne s'en aperçoit pas car il n'est pas encore sorti de son cauchemar, si bien qu'il sursaute quand elle demande, avec pourtant une grande douceur :

— Jason ? Ça ne va pas ?

— Hein ? Euh, si. Enfin…

Elle vient s'asseoir près de lui sur le lit. Avec douceur, elle lui pose une main sur le front comme pour évaluer sa fièvre. Ils échangent un sourire. Corolline Bastian est une grande femme à la longue chevelure brune, aux yeux noirs et à la peau ambrée. Autant son physique peu commun intimide, autant son regard exprime délicatesse et sérénité. Comme le dit son mari : il y a de la beauté zen chez cette femme, mâtinée de tendresse inuite et d'un zeste de sirène. Autrement dit, on ne lui résiste pas. En cet instant, c'est l'inquiétude qui se lit dans ses grands yeux sombres.

— Tu as fait un cauchemar ? s'enquiert-elle.

— Oui. Un truc horrible, répond son fils en réprimant un frisson.

— Tu me racontes ?

Jason marque un long silence avant de répondre. Ce n'est pas tant la vision du carnassier l'engloutissant qui l'a secoué que la sensation d'étouffement qu'elle a provoquée. À cela s'est ajouté un sentiment très fort, déjà ressenti lorsque les baleines l'ont entraîné vers les grands fonds et qui semble donner un sens à son cauchemar, et plus largement à son mal-être actuel…

– C'est difficile à expliquer, commence-t-il, sourcils froncés, le regard fixe. Je me voyais en plongée avec papa et, comme aux Bermudes, entouré de baleines. Et puis, tout à coup… (il doit prendre une profonde inspiration avant de poursuivre) je me suis fait bouffer par une espèce de poisson horrible. Je me suis réveillé en suffoquant, comme si je me noyais.

Corolline le dévisage avec tendresse.

– C'est normal, ne sois pas inquiet. Quand on a subi une attaque de pirates et qu'on a failli se faire dévorer par un requin blanc, il ne faut pas s'étonner que ça laisse des traces. Ton inconscient est en train de digérer le choc, c'est tout. Et puis, il est possible aussi que cela face écho à ton accident de plongée d'il y a deux ans.

Jason acquiesce d'un hochement de tête car c'est en partie exact – en partie seulement. De sa mésaventure des Bermudes, Corolline ne connaît que l'épisode *attaque au lance-roquettes* et *dents de la mer*. Car, pour éviter d'éventuels reproches et incompréhensions entre sa mère et son père, Jason a volontairement occulté l'incident avec les baleines. Mais il se demande maintenant s'il ne devrait pas quand même lever le voile sur cet événement, ça l'aiderait sûrement à l'assimiler. Ne s'en sentant pas le courage, il choisit de le faire plus tard.

— Peut-être faudrait-il que tu voies un spécialiste pour t'aider à évacuer tes tourments plus facilement, suggère Corolline.

— Un psy ? réagit le jeune homme avec agacement. Je ne suis pas malade, tu sais.

— Il n'est pas question de maladie, mais de souffrance. Quand le corps a mal, on va voir un médecin ; quand c'est l'esprit, on va voir un psychologue. De toute façon, ce n'est pas moi qui te forcerai, tu le sais bien. Mais crois-moi, Jason, si tes cauchemars se reproduisent, il ne faudra pas hésiter.

Le garçon baisse les yeux.

— On verra, murmure-t-il.

Un long silence plane. Corolline s'apprête à le laisser quand il lâche, comme pour lui-même :

— C'est pas le requin ou les braconniers qui me filent des cauchemars…

Corolline se rassoit.

— Quoi alors ?

— L'avertissement…

Le garçon s'interrompt, se rendant compte qu'il s'est jeté sans réfléchir dans une confession qui, sans doute, ne fera qu'accroître les inquiétudes de sa mère. Pourtant, le besoin de parler est trop fort. Corolline l'observe, sans rien dire, attendant patiemment qu'il poursuive.

— L'avertissement des baleines, reprend Jason. Le poisson monstrueux représente ce qui va arriver, j'en suis sûr.

— Qu'est-ce qui va arriver ?

— Je ne sais pas, mais ça va être terrible. Une catastrophe. Il faudrait… il faudrait qu'on le sache, termine-t-il en dévisageant la jeune femme les yeux pleins de larmes.

— Je ne comprends pas, qu'est-ce que les baleines viennent faire là ?

— Ce sont celles qui se sont rassemblées dans le triangle des Bermudes. Elles m'ont… enfin, avec papa…

Après une ultime hésitation, Jason révèle enfin, comme un secret trop lourd à porter, son *enlèvement* qui a précédé les deux parties de chasse dont son père et lui ont été le gibier. Il parle avec exaltation, détaillant minutieusement ses impressions alors que l'ivresse des profondeurs le gagnait. Il termine en expliquant que les baleines lui ont adressé un message d'avertissement… enfin, ce n'est peut-être pas vraiment un message, mais… En tout cas, elles lui ont communiqué leur frayeur, qui serait liée à un événement dans le fameux Triangle des Bermudes.

Corolline écoute son fils, sans commentaire, sans paraître mettre en doute ce récit étrange… mais elle est tendue de crainte. Jusque-là, elle n'était préoccupée que par les tourments de son fils. Or, ces propos dépassent ce que pourrait exprimer un adolescent de dix-sept ans face à une situation éprouvante. Ils relèvent d'une interprétation délirante, liée à un traumatisme beaucoup plus grave qu'un simple choc émotionnel.

Croyant déceler le doute dans le regard de sa mère, Jason s'interrompt.

– Tu ne me crois pas, hein ? Et tu te dis que je suis givré. Tu peux y aller, ça ne me vexera pas, je penserais la même chose à ta place.

– Je me dis qu'on en reparlera demain, élude Corolline. Il est très tard et je crois qu'il faut laisser passer une nuit de sommeil là-dessus. D'accord, mon chéri ?

Jason acquiesce. Sa mère l'embrasse sur le front, puis se lève pour sortir.

– Tu sais, maman, l'interpelle-t-il, je t'ai raconté tout ça juste pour que tu saches ce qui me perturbe un peu. Mais c'est vraiment rien. Si ça se trouve, dans trois jours je n'y penserai plus.

– Je le crois. Ce n'est qu'une question de temps.

Après un dernier regard, elle quitte la pièce. Jason demeure assis, jambes repliées contre lui, se demandant si ce temps qui passe et efface les plus profondes blessures pourra aussi dissiper les intimes certitudes qui le tourmentent depuis son bref séjour dans les abysses océaniques. Il prend alors une décision qui lui vaudra sûrement bien des soucis… passer à la web-TV !

11

Délire et certitude

En ce mercredi 4 septembre, Jason est dans un état de surexcitation proche de l'implosion mentale. Non pas à cause de la rentrée scolaire qui aura lieu demain, mais parce qu'il s'apprête à se rendre chez TV-Europe pour sa participation à l'émission *Héros du jour, héros d'un jour*. Cela dure en réalité depuis lundi, depuis que la production l'a appelé pour préparer son interview avec Marc Chèze et obtenir de sa mère l'autorisation nécessaire. Cette dernière n'étant pas acquise d'avance, Jason a pris le temps de réfléchir à une argumentation finement étudiée. Mais, finalement, une seule bonne raison a suffi à convaincre Corolline : « C'est exactement le remède qu'il me faut pour me remettre d'aplomb. »

En attendant son copain Ahmed qui devrait déjà être là, il s'est installé à son bureau pour noter de nouvelles idées sur une feuille déjà bien remplie et affiner des réponses à certaines questions prévisibles. Il interrompt son travail pour se remémorer son entretien avec l'assistante de production. Elle l'a contacté hier, par vidéocom, afin de lui donner quelques informations – la plus importante étant qu'il aurait trois minutes pour raconter son histoire. Trois minutes, cela paraît court, mais quand on sait que cette émission est vue régulièrement par dix-huit millions d'Européens, grâce à une traduction multilingue en quasi-temps réel, cela confère à ce laps de temps une tout autre dimension. *Quand même*, se dit-il, *trois minutes pour expliquer et transmettre mon message, c'est impossible !* Plus préoccupant encore, l'interview sera enregistrée. Cela signifie montage, coupures, censure et incertitude sur la date de diffusion. D'ailleurs, l'assistante de TV-Europe l'a prévenu : « Ça peut passer dans quinze jours comme jamais, ou dès vendredi si ça vaut vraiment le coup. » Vendredi, c'est le lendemain de la rentrée… Quelle belle façon de commencer l'année ! C'est même pas la peine d'y penser, se raisonne-t-il, l'instant suivant.

Le futur *héros d'un jour* se laisse choir sur son lit. À nouveau, une douloureuse angoisse lui serre l'estomac.

Mais, cette fois, il ne saurait dire si c'est le trac ou ce foutu traumatisme aquatique. Il s'accorde une séance d'*autobriefing*, histoire de se remettre en mémoire ce qu'il a prévu de dire à Marc Chèze. *Surtout*, pense-t-il, *il ne faut pas que j'oublie pourquoi j'ai accepté de participer à cette émission. Pas pour la gloriole ou pour jouer les superhéros, mais pour transmettre l'avertissement des abysses*. Saisi d'un nouvel accès d'inquiétude, il consulte sa montre qui marque 17 heures 32.

« Il est en retard, évidemment ! » grommelle-t-il.

Il se relève d'un bond et se plante au milieu de la pièce, jambes légèrement écartées, poings sur les hanches.

« Il faut que je me maîtrise. »

Pour y parvenir, il pratique des mouvements de gymnastique énergétique chinoise, dont les principes sont douceur, souplesse, respiration, concentration. Il se répète en boucle ces quatre mots magiques : *douceur, souplesse, respiration, concent*... Le carillon de la porte d'entrée retentit au rez-de-chaussée.

« J'arrive ! » s'écrie-t-il.

Il attrape son sac à dos caméléon – qui adopte les couleurs du vêtement de celui qui le porte (bleu lagon, en l'occurrence) –, puis quitte sa chambre comme une tornade. Depuis le salon, sa mère a déjà ouvert la porte par télécommande. Jason bondit par-dessus les cinq dernières marches de l'escalier et enlace le visiteur pour une brève et virile accolade.

— Salut, Ahmed, ça fait plaisir de te voir ! T'es en retard, comme d'hab.

Le jeune Tunisien, le front plissé, regarde sa montre et acquiesce :

— Exact. Trois minutes, douze secondes et vingt-cinq dixièmes. Je te signale, Jason Bastian, que tu as rendez-vous à dix-huit heures trente et qu'on est à un quart d'heure en métro des studios.

— Peut-être, mais un rendez-vous comme ça, faut prévoir au moins une heure d'avance.

Ahmed approuve pour lui faire plaisir, puis sourit en voyant apparaître la mère de son copain.

— Oh, bonjour, Madame. Vous allez bien ?

— Avec un fils comme le mien, il vaut mieux, répond-elle. Depuis qu'il sait qu'il va passer à la web-TV, c'est un cyclone. J'ai même dû mettre les vases à l'abri, ajoute-t-elle en lorgnant d'un air entendu son fils.

– N'exagérons rien, rectifie celui-ci, je ne t'en ai cassé qu'un.

– Le plus beau… Et toi, Ahmed, es-tu également branché sur une pile atomique ?

– Presque, depuis que Jason m'a raconté son aventure avec les braconniers et le requin ! C'est incroyable, non ?

– C'est exactement ce que je me suis dit. J'ai très vite changé d'avis quand son père m'a confirmé que notre garçon n'avait pas vécu son aventure à Hollywood. Mais je me demande s'il se trouvera assez de gens bienveillants pour croire comme nous à son histoire. Quant à…

Corolline s'interrompt à temps. Elle allait évoquer l'avertissement des baleines. Un échange de regard avec son fils, qui a perdu le sourire, lui confirme qu'il vaut mieux éviter cette partie du sujet et faire bonne figure. Ahmed, lui, ne cache pas son propre scepticisme. Du coup, le héros du jour voit son moral plonger en apnée dans les abysses de ses chaussettes.

– De toute façon, qu'est-ce que je risque ? rebondit-il. Ils m'ont dit à TV-Europe qu'ils ne passeraient mon interview qu'après avoir vérifié que je ne suis pas mythomane. Ça me donnera un minimum de crédit.

— Un minimum, souligne Ahmed, un brin sarcastique.

— Méfie-toi quand même, Jason, le met en garde Corolline. Ces gens ont les moyens de faire de toi un superhéros, comme un superdindon, si tu vois ce que je veux dire. Le mois dernier, pendant que tu profitais du soleil à Porto Rico, ils ont décerné le prix du héros le plus nul de l'année. Je pense que le gagnant n'est pas près d'oublier cette soirée.

Jason soupire. Il est à deux doigts de remonter s'enfermer dans sa chambre et de s'y abandonner au désespoir. En vérité, il n'en est pas encore là, et la force de conviction qui le porte l'aidera à encaisser les pires humiliations, s'il devait les subir. En attendant, il doit avoir l'air confiant et heureux.

— Même si je deviens un superzéro, lance-t-il, ce sera mieux que rien, parce que toute expérience est bonne à vivre.

Sur cette sage réplique d'auto-encouragement, Ahmed sur ses talons, il sort affronter son destin.

★★★

Vingt minutes plus tard, les deux adolescents sont accueillis dans les locaux cossus de TV-Europe par Ali, le frère d'Ahmed, qui est ingénieur du son.

– Vous avez bien fait d'arriver en avance, déclare celui-ci. Marc Chèze doit partir à 18 heures 15. Si vous étiez venus à l'heure, il vous posait un lapin. Je vous emmène au studio. Ça ira, Jason ? Pas trop le trac ?

– Ben… Ahmed, je suis de quelle couleur ?

– Vert olive tirant sur le rose bonbon, plaisante son copain.

– J'espère que vous avez de bonnes maquilleuses, dit Jason en s'adressant à Ali.

– Les meilleures. Elles vont te pomponner comme un prince.

Ayant retrouvé un *teint de jeune fille*, selon l'expression d'Ahmed, Jason est introduit sur le plateau d'enregistrement, crispé d'appréhension.

– Il n'y a pas de public ? s'étonne-t-il en découvrant les gradins vides.

— Si, quand les invités sont là, répond le frère d'Ahmed. Mais toi, tu passeras dans la rubrique « Ils auront quelque chose à raconter à leurs petits-enfants ».

— Ah… s'étonne Jason, déçu.

Il connaît la rubrique en question. Elle ne dure qu'une minute trente, au mieux. Autant dire qu'on ne va retenir que la partie la plus sensationnelle de son aventure, c'est-à-dire le duel avec le requin blanc. Aucun intérêt ! Autant renoncer tout de suite.

— Bon, je crois que finalement…

— C'est lui, la terreur des requins ? l'interrompt une voix forte dans son dos.

Il se retourne et reconnaît l'animateur de l'émission. L'homme est plus petit, plus ridé, plus bronzé qu'il l'imaginait. Marc Chèze houspille une scripte, grogne après un fil dans lequel il s'entrave, sourit enfin en rejoignant le groupe de jeunes gens. Il salue avec chaleur Ali et son jeune frère puis, s'adressant à Jason, il déclare :

— Bonjour, mon garçon. C'est ta première télé, je suppose.

— Oui, Monsieur.

— Appelle-moi Marc. Ali m'a dit que tu es un fervent défenseur des baleines.

L'adolescent ne s'attendait pas à être abordé sous cet angle.

— Oui, je… c'est exact, avoue-t-il en bredouillant.

— C'est bien, ici on aime les amis des animaux, affirme l'animateur avec un clin d'œil.

Jason le fixe avec perplexité, se demandant comment il doit réagir. Finalement, il ne trouve rien à répliquer. Marc Chèze le prend par l'épaule.

— Allons nous installer, propose-t-il. Sache, mon garçon, que dès que tu auras posé tes fesses dans ce fauteuil, tout ce que tu diras sera enregistré. Je garderai ce que bon me semble… ou rien du tout si ça ne me plaît pas. Ok pour toi ?

— Une de vos assistantes m'a prévenu.

— Parfait, alors c'est parti. Régie ?

— Ok, Marc, résonne une voix sur le plateau.

L'animateur arbore un sourire et commence par interroger le jeune homme sur son pedigree, ses goûts et la rentrée qui approche. Il le fait avec douceur et un semblant d'intérêt, afin de mettre à l'aise son invité. *C'est un bon professionnel*, juge ce dernier qui répond avec politesse, tout en conservant une certaine distance. Enfin, le journaliste aborde le fameux voyage. Jason commence son récit avec détachement, presque avec froideur. L'animateur comprend vite que ce n'est pas ce qui intéresse son invité. Il décide donc de l'amener sur un autre terrain.

— Parlons un peu des braconniers. Qu'avez-vous ressenti lorsque vous avez vu sur l'écran du radar ce qui se passait réellement, près de ce mystérieux chalutier ?

Le visage de Jason change brusquement d'expression. Une rage sourde anime maintenant ses traits.

— Si je dis de la haine, je me mets à leur niveau. En fait, je n'ai pensé qu'aux baleines. C'est comme si on faisait du mal à un membre de ma famille. J'ai eu envie de leur foncer droit dessus, ces… je ne sais pas si on peut le dire à la télé ?

— On ouvrira les guillemets.

— Ces salauds de bouchers.

— On sent que vous aimez les baleines, Jason. Est-ce que vous avez une hypothèse pour expliquer leur rassemblement dans le Triangle des Bermudes ?

Pris de court par cette question qu'il a pourtant préparée, le jeune homme reste sans voix. Quelle perche ! réalise-t-il cependant. Mais voilà que, paralysé par le trac, il laisse passer sa chance. Marc Chèze, qui n'attendait certainement aucune réponse précise, oriente alors l'interview vers un aspect beaucoup plus excitant :

— Revenons au grand requin blanc...

— Je sais pourquoi les baleines se sont rassemblées ! le coupe presque en criant le lycéen.

— Ah ? Et alors ? demande l'animateur, interloqué.

Jason reprend sa respiration, puis répond en s'efforçant de rester calme :

— Il s'est passé quelque chose, la veille de ma rencontre avec les braconniers, que je n'ai encore raconté à personne en dehors de ma famille.

— Quelque chose ?

— Oui, de beaucoup plus important, en fait, même si c'est complètement... enfin, difficile à croire.

— Vous savez, dans cette émission, nous avons une certaine habitude des choses *difficiles à croire*.

Jason explique alors comment, avec son père, ils sont allés à la rencontre des cétacés, puis l'étrange et pacifique assaut dont ils ont fait l'objet. Il relate avec franchise et la gorge serrée son émerveillement devant ces géants aux mouvements si délicats, son inquiétude aussi quand ils ont commencé à l'entraîner vers le fond. Enfin, il y a eu les chants qui l'ont également emporté, mais vers une autre sorte de profondeur.

— Bien sûr, je subissais l'effet de l'ivresse des grands fonds, reconnaît-il, mais c'est peut-être justement grâce à ça que j'ai été aussi réceptif à leur message…

— Leur message ? relève l'animateur. Vous êtes sûr que c'est le mot qui convient ?

— Oui. Je suis désolé.

— Non, non, continuez.

— Ce message donc, ce n'était pas un vidéomail, bien sûr. C'était plutôt comme si j'avais été moi-même une baleine et que je partageais leurs sentiments. Elles étaient angoissées par quelque chose qu'elles ne comprenaient pas et qui se trouverait sous l'eau, quelque part dans les abysses.

— De quel genre de menace s'agirait-il ?

— Du genre à faire assez peur pour provoquer une panique généralisée.

— Pourtant, que je sache, ce n'est pas ce qu'elles font en ce moment aux Bermudes.

— Je pense qu'il faut interpréter leur rassemblement comme un avertissement. Par contre, quand la menace se précisera, je suis sûr qu'elles partiront.

— En somme, si je vous ai bien compris, elles vous ont parlé ?

— Attendez, si on dit ça comme ça, les gens vont rigoler ! Non, mon père a comparé ce phénomène à une sorte de communication télépathique.

— Ce serait bien si on pouvait l'interroger. Peut-on l'appeler ?

— Non. Il est médecin chercheur sur les maladies tropicales et il doit être quelque part au fin fond d'une jungle. Et puis, de toute façon, il ne fait pas d'intervention publique.

— Je vois. Merci, Jason, c'était un témoignage très touchant et très fort. J'espère cependant que vous n'avez pas raison et qu'aucune catastrophe ne guette nos amies les baleines…

— Ce n'est pas forcément elles qui sont menacées, je crois plutôt que c'est nous… nous tous.

— Vous voulez dire… l'humanité ? s'étonne l'animateur qui retient avec peine un sourire moqueur.

Jason indique de la main qu'il en a assez dit. Il s'adosse de nouveau à son siège, épuisé, regrettant déjà de s'être livré à cette mascarade dont il ne sortira rien du tout. Marc Chèze achève la séquence sur une formule à l'adresse des web-téléspectateurs européens, puis se tourne vers Jason pour le féliciter :

— Parfait, ton récit, surtout la fin. Tu as dit que ton père ne parlait pas en public mais, en privé, ce serait possible, n'est-ce pas ?

— Oui, bien sûr, répond l'adolescent, suspicieux.

— Je voudrais l'appeler pour entendre sa version du… comment dire… du *kidnapping*.

— Je ne préfère pas.

— Ah… C'est embêtant, parce que ça signifie que je ne pourrai pas passer ton témoignage. (Le lycéen accuse le coup.) Comprends bien, jeune homme, que sur TV-Europe, on vérifie un minimum les récits de nos héros. Pour le porte-avions, c'est fait, y a pas de problème. Mais pour l'avertissement des baleines… Écoute, elle m'intéresse bigrement, ton histoire ! Ce serait dommage qu'on en reste là, tu ne crois pas ?

Jason voit bien qu'il est en train de mettre le doigt dans l'engrenage, mais quelle chance formidable ce serait de pouvoir faire passer son message ! Il hésite encore un peu à pactiser avec ce diable d'homme puis, soudain, se décide :

— D'accord, je vous donne son numéro de vidéomobile.

12
Les débuts de la gloire

Le soir même, taciturne, Jason regarde sans intérêt des clips musicaux sur la web-TV du salon. Il est allongé dans le canapé, ruminant les bonnes et les mauvaises impressions que lui a laissées son interview. Sa mère s'est absentée pour un rendez-vous – galant, à coup sûr, étant donné le temps qu'elle a mis pour se préparer et le nombre de fois qu'elle a changé de tenue et de bijoux. Jason en éprouve une pointe de dépit car, même s'il comprend que sa mère est une femme jeune (à peine quarante-cinq ans alors que l'espérance de vie atteint aujourd'hui cent dix ans) et qu'elle a droit à une vie amoureuse, il n'arrive pas à accepter que ce soit avec quelqu'un d'autre que son père. *Mais pourquoi se sont-ils séparés, ces idiots ?* grommelle-t-il en pensée. Et sans qu'il l'ait senti venir, les larmes lui montent aux yeux, brouillant l'image tridimensionnelle sur l'écran LED 16K. Une petite musique retentit tout à coup dans la maison. Au même moment, en haut à droite du téléviseur, apparaît une icône caricaturant la physionomie de son père qui lui adresse des saluts de la main.

« C'est bien le moment » ronchonne Jason en se redressant.

Il essuie ses larmes, renifle à fond puis, enfin, donne l'ordre vocal qui autorise la communication :

« Com perso, ok ! »

Le visage barbu de son père remplace la séduisante chanteuse qui se dandinait l'instant d'avant sur l'écran. Le quinquagénaire affiche son air sombre des mauvais jours, et son fils n'a aucune peine à en deviner la cause.

— Bonjour Jason, ça va ? s'enquiert Jack. Hum, pas trop à voir ta tête.

L'adolescent hausse les épaules et des larmes roulent à nouveau sur ses joues. Décontenancé, le médecin se voit obligé d'aborder la conversation autrement que prévu.

— C'est le coup de blues ? dit-il pour couper le silence. (Jason acquiesce de la tête.) Alors, ce n'est pas le moment que je te tire les oreilles.

— Pas vraiment, reconnaît le garçon en reniflant. Mais vas-y, je peux encaisser. Je suppose que Marc Chèze t'a appelé ?

— Exact. Je n'aime pas trop que tu donnes mon numéro personnel à n'importe qui.

— Je sais. Excuse. Tu lui as parlé ?

— Façon docteur en psychologie, je me suis contenté de lui dire que tu n'étais pas un mythomane.

— Merci, papa, c'est ce que j'espérais. Il t'a dit ce qu'il ferait de mon interview ?

— Oui, et ça ne me rassure pas. Finalement, il va la passer vendredi…

— Tu blagues ! s'exclame Jason en se redressant d'un coup.

— J'en ai l'air ? réplique Jack qui s'efforce de garder une expression sévère. Figure-toi qu'il va même la coupler avec un reportage spécial sur le rassemblement des baleines. Voilà. Tu as gagné, il me semble.

Abasourdi, Jason ne sait que répondre.

— Il m'a demandé aussi de ne rien te dire. Il veut te faire sa *surprise du jour*. Alors quand il te contactera, essaie d'avoir l'air de tomber des nues.

— Promis. Tu sais, papa, tu ne devrais pas t'inquiéter pour moi, je maîtrise.

— Tu crois ? Mais bon, il faut que tu fasses ton expérience. Je voudrais juste que tu me tiennes informé. On est d'accord ?

— Bien sûr. Tu es où ?

— À Paris. Je t'appelle du salon de vidéocom d'un restaurant.

— Ah ? Tu dînes avec des gens hypersérieux, genre tes copains de l'Institut ?

Jack sourit.

— Justement, non. Je suis avec une femme…

Jason soupire en pensant *lui aussi, ça le tient… c'est pourtant plus le printemps*.

— … une femme charmante…

Jack adresse un regard complice hors champ, vers sa droite.

— … une femme exceptionnelle. D'ailleurs, elle aimerait te dire un petit bonjour.

— Non, s'il te plaît ! Pas ce soir. Avec ma tête de… MAMAN ! Mais qu'est-ce que tu fiches là ?

— Ça va mon chéri ?

— Euh… s'enroue Jason d'émotion.

Et à nouveau ces maudites larmes qui coulent sans prévenir !

★★★

Marc Chèze appelle Jason moins d'une heure plus tard et se réjouit que sa *surprise du jour* fasse sauter de joie son *héros des abysses*. Une fois la bonne nouvelle donnée, il lui promet une célébrité internationale dans les trois jours, à condition que son histoire « ne soit pas du flan car, sinon, plus dure sera la chute ». Cela refroidit brutalement l'adolescent, même s'il ne voit vraiment pas en quoi cette *chute* pourrait être *dure*. En tout cas, la mise en garde le replonge dans un état d'esprit négatif pour le reste de la soirée. Pendant la nuit qui suit, il est réveillé par un nouveau cauchemar sous-marin, avec le même monstre et la même épouvantable sensation de suffocation. Au matin, il s'efforce d'en attribuer la cause à la pression pesant désormais sur lui, et dont il ne doute pas qu'elle ira croissant à mesure que l'heure de la diffusion approchera.

★★★

Jusqu'au vendredi après-midi, il parvient à maîtriser à peu près son appréhension, grâce surtout à la rentrée au lycée, avec son lot de nouveautés et de retrouvailles, qui ne lui laisse pas le temps de ruminer trop de mauvaises pensées. Puis, quand arrive le moment tant attendu, le trac efface tout autre sentiment. Pour la circonstance, il a invité Ahmed à venir voir l'émission chez lui, avec une solide provision de douceurs à grignoter. L'interview passe enfin, provoquant une poussée d'adrénaline, aussi bien chez le héros du jour que chez sa mère et chez son copain. Elle dure exceptionnellement trois minutes, mais a été montée de manière à insister complaisamment sur l'attaque des braconniers et celle du requin blanc. Quant à l'avertissement des baleines, il en est question moins de vingt secondes, juste avant la pub !

La déception est si cruelle, que Jason éclate en sanglots comme un enfant qu'on aurait frappé. Son ami, qui s'apprêtait à danser et à chanter à la manière d'un supporter de football, en reste tout décontenancé.

« C'était bien, non ? » trouve-t-il seulement à déclarer, empoté et rougissant.

Corolline ne dit rien, se contentant de prendre son fils dans ses bras tout en essayant de se convaincre qu'il craque uniquement pour évacuer une émotion trop longtemps contenue. Une fois le héros calmé, Ahmed s'épuise le reste de la soirée à lui remonter le moral, lui montrant tous les aspects positifs de sa *première télé*, à commencer par les perspectives fabuleuses qu'elle lui offre, notamment auprès des filles. Et un sourire finit par revenir sur le visage du dépressif.

★★★

Le lendemain matin, après un sommeil réparateur, sans mauvais rêve, la future *célébrité internationale* se prend à espérer pouvoir goûter aux premiers fruits de son apparition médiatique, excluant volontairement l'idée que certains n'auront pas la saveur du miel. Peu avant huit heures, l'air détendu mais le cœur en léger surrégime, il entre dans la cour du lycée. Petite déception : des filles de son âge croisées à la grille ne se retournent pas sur son passage. Elles n'ont sûrement pas vu l'émission. Mais voici qu'un de ses camarades de classe l'interpelle de loin :

— Hé, visez ! Voilà le *héros des abysses* !

C'est parti ! se dit Jason avec une petite pointe de satisfaction au creux de l'ego. Il est très vite cerné, bombardé de questions… mais aussi de quolibets.

— Alors, comme ça, tu fraies avec les baleines ? lance un garçon de sa classe.

— Tu devrais aller voir la grosse Lola, je suis sûr qu'elle a un message des abysses à te transmettre, s'esclaffe un autre en désignant sous le préau une fille obèse et seule.

Jason aimerait leur envoyer un *message des abysses* dans la figure, mais le troisième jour après la rentrée, cela ferait désordre. Il se contente d'une réplique ironique :

— Et toi, Maufrin, t'as passé tes vacances à Dupont-la-joie-les-Bains ? Elle était comment, la pataugeoire du camping municipal ?

Mais tous ne sont pas des idiots-nés. Son copain Ahmed d'abord, qui lui témoigne de manière un peu outrancière sa fierté d'être son *copaintissime*. Il y a aussi les curieux, les sceptiques, les rigolards pas méchants… Bref, c'est un effet globalement plutôt sympa, dont il tirera une certaine confiance pour la prochaine fois, s'il doit il y en avoir une. *En tout cas*, a-t-il décrété, *ce ne sera plus sur la chaîne TV-Europe*.

Le lundi matin suivant, la plupart des élèves ont relégué aux oubliettes l'*avertissement des baleines* et le *héros des abysses*. Quelques jaloux, en revanche, trouvent chaque occasion bonne pour placer un sarcasme ou une allusion désobligeante.

— Bah, c'est des minables ! lui lâche Ahmed, dans un couloir juste avant d'entrer en cours. Tu leur fais de l'ombre et, vis-à-vis des filles, ils ont du mal à avaler.

— Peut-être, mais il ne faudrait pas trop qu'ils insistent, maugrée Jason.

En pénétrant dans la salle de classe, ils découvrent sur le tableau-écran une inscription qui suscite quelques rires et moqueries :

> Message spécial des baleines : aujourd'hui, catastrophe mathématique, tous aux abris et tant pis pour celui qui n'a pas révisé. Signé : Jason, le zéro des abscisses

L'intéressé pince les lèvres, vexé mais stoïque.

« C'est malin » dit-il en pressant, en bas à droite du tableau tactile, le bouton d'effacement complet.

Un éclat de rire retentit dans le fond de la salle. Il fait volte-face et repère le moqueur qui est aussi l'auteur du graffiti. Son sang ne fait qu'un tour, il pose son cartable électronique sur une table et marche droit sur l'adolescent qui cesse de rire, mais conserve un sourire sardonique.

« Tu sais ce qu'il te dit, le *zéro des abscisses* ? »

Il lui balance son poing dans la figure. La bagarre qui s'ensuit est vite interrompue par l'arrivée du professeur de maths. Furieux, celui-ci avertit par téléphone un surveillant qui, deux minutes plus tard, emmène les belligérants dans le bureau du proviseur. Ils se voient alors infliger une sanction exemplaire, sous forme de retenues et travaux scolaires. Jason bénéficie en outre d'un avertissement particulier, que le chef d'établissement lui délivre en aparté :

« Avant d'aller raconter des idioties à la télé, Monsieur Bastian, vous étiez un élève modèle. Il semble que vous nous fassiez une crise d'adolescence d'un genre particulier. Soyez bien conscient que, dans ce lycée, on ne supporte ni les violents ni les trouble-fête, et on surveille de près les menteurs. Alors faites-vous discret si vous ne voulez pas terminer votre classe de première dans un établissement à encadrement renforcé. »

Jason frémit à cette perspective et promet de ne plus se faire remarquer. Il sort du bureau du proviseur complètement bouleversé, pas tant à cause des sanctions que des propos calamiteux qu'il vient d'entendre. *Violent + trouble-fête + menteur = sale réputation injuste*. Ça fait mal. En rentrant chez lui, après les cours, sa mère lui annonce sans enthousiasme qu'un journaliste d'un grand magazine en ligne, *L'Europe aujourd'hui*, souhaite le joindre.

– Ah oui ? feint de s'étonner Jason.

– Si j'ai bien compris, il aimerait faire un reportage sur toi.

– Super ! Je le contacte tout de suite.

– Il s'appelle Octovo Luis. Fais attention à ce que tu dis…

– Mais oui. Y en a marre de la parano ! réplique l'adolescent avec colère.

Il gravit l'escalier quatre à quatre et s'enferme dans sa chambre tel un enfant boudeur. Sitôt son cartable jeté sur le lit, il se met à son ordinateur et demande la communication avec le journaliste de *L'Europe aujourd'hui*. L'homme qui lui répond est d'une jeunesse qui, bêtement, le surprend car il ne doit pas avoir plus de trente ans. Sans manifester la moindre amabilité, Jason annonce à son interlocuteur sur un ton neutre qu'il veut bien répondre à quelques questions, mais seulement sur son aventure dans les Bermudes. Avec le même détachement, Octovo Luis le rassure en commençant par préciser dans quelle rubrique cet entretien paraîtra (un reportage sur le rassemblement des baleines), et pourquoi il a souhaité le traiter (parce que son rédacteur en chef le lui a demandé… « mais le sujet m'intéresse », ajoute-t-il sobrement).

Jason songe que, pour une fois, la méfiance de Corolline n'est peut-être pas justifiée. Dès ce début d'interview, il se rend compte que ce jeune journaliste n'a rien d'un Marc Chèze : il lui semble franc et plutôt bien intentionné. Il s'intéresse vraiment à son expérience et, dans son aspect humain, à ce qu'elle a eu de bouleversant. Il le questionne avec tact, visiblement sans chercher à le piéger. Quand il en vient à lui demander comment s'est passé l'émission avec Marc Chèze, Jason se referme comme une huître. *Nous y voilà*, pense-t-il avec amertume.

— Je n'ai rien à dire, réplique-t-il sèchement.

— Je ne vous demande pas de secret d'État, explique Octovo Luis, d'autant que je connais bien les méthodes de cet animateur. Tout ce que je souhaite pour vous, c'est qu'il vous ait bien payé.

— Je n'ai rien touché du tout ! Pourquoi voulez-vous qu'il me paye ?

— Allons, Jason, nous savons tous, dans la profession, que Marc Chèze rémunère ses invités, et même généreusement.

— Vous me l'apprenez.

— Il ne vous a rien promis ?

Le garçon a un bref haussement d'épaules qui n'échappe pas à son interlocuteur, lequel attend sa réponse, le visage impassible.

— Non. Simplement de suivre avec intérêt les événements du côté des Bermudes.

Octovo Luis se tait un moment, comme s'il hésitait à insister sur le sujet. Jason soutient ce silence pesant, se disant qu'il ne lâchera pas une seule information supplémentaire. Enfin, le journaliste se décide à reprendre la parole :

— Je vous donne juste un conseil et une mise en garde. Le conseil : si vous devez participer à nouveau à l'émission de Chèze, faites-lui cracher au moins dix mille euros, davantage s'il vous invite en vedette principale. La mise en garde : ce type est un marchand d'illusions. Ce n'est pas un escroc, mais il fait commerce de la réussite des gens autant que de leurs malheurs. Laissez-le tomber si vous rencontrez le moindre souci et, quoi qu'il arrive, tenez votre langue sur tout ce qui concerne votre vie privée, car c'est elle qui l'intéressera dès lors que vous serez un peu plus connu. Voilà. Que cela reste entre nous, d'accord ?

Jason se détend et agrée d'un simple signe de tête.

— Bien, conclut Octovo Luis, je crois que j'ai assez d'infos pour mon reportage. Je vous remercie de votre disponibilité, Jason. Je peux avoir une photo de vous ?

— Pas de problème…

Le jeune homme redresse le buste, rejette en arrière sa chevelure brune et se fend d'un sourire aussi naturel que possible. D'un clic de l'index sur une icône en bas de l'écran, il fige son image, puis expédie le cliché avec un autre bouton.

— Parfait, je l'ai, dit le journaliste.

— Ça sortira quand, votre reportage ?

— Jeudi prochain. Merci, Jason. À bientôt.

Une fois la communication coupée, le lycéen se prend à rêver qu'il deviendra peut-être un jour une star mondiale, mettant son nom au service de la cause animale. Il en soupire d'aise. L'envie lui vient tout à coup de consulter sa boîte aux lettres Touvenant – qu'il a nommée ainsi par opposition à la boîte Famille. Une liste impressionnante de titres de messages s'affiche et son ego jubile car, apparemment, on le sollicite de tous les coins de la nébuleuse médiatique.

Ça va vite, sacrément vite ! pense-t-il.

Parmi les vidéomails, l'un d'eux attire plus spécialement son attention car il est le seul à annoncer pour objet : `Votre rencontre aux Bermudes avec les baleines`. Les autres sont des demandes d'interview, des messages de félicitations ou de moquerie manifeste, et nombre encore comportent les mots *requin*, *attaque* ou *pirate*. Il l'ouvre, avec un petit pincement d'excitation. Le visage d'une jeune fille de son âge apparaît, de type indien, souriante et… superbe !

> « Bonjour, Monsieur Jason Bastian, commence-t-elle avec un fort accent anglais qui l'oblige à bien articuler les mots. Je m'appelle Chandra Armana, j'ai vu votre témoignage sur *TiVi-Europe* qui m'a beaucoup… (elle marque une hésitation, cherchant sans doute le terme français le plus approprié) intriguée. Je fais partie de l'équipe de rédaction du journal en ligne de mon lycée, en Angleterre, et je tiens une rubrique sur les problèmes d'environnement de notre planète. Peut-être accepteriez-vous que l'on se rencontre ? Je suis à Paris dans une semaine, le 17 précisément. Contactez-moi, s'il vous plaît. Au revoir, Monsieur Jason Bastian. »

Le vidéomail s'interrompt en affichant les coordonnées personnelles de la jeune beauté, ainsi que les renseignements concernant son séjour parisien. Jason ne bouge pas. Il vient de voir une sirène et il en est pétrifié de ravissement. Ayant retrouvé l'usage de son cerveau, il expédie une réponse évidemment positive à Chandra Armana. Ensuite, sans que le charmant visage de la jeune Indienne ne quitte sa pensée, il refuse aimablement les autres demandes de rencontre et d'interview, et adresse ses remerciements à ses premiers admirateurs (dont une grande majorité de filles). En revanche, il écrase les messages d'insultes ou ceux provenant d'obscures communautés mystiques et autres prophètes de l'Apocalypse.

13

Chandra

Durant la semaine, Jason accepte finalement quelques passages sur des web-TV. Il se laisse aussi aller à répondre à des demandes d'information ou à participer à des vidéochats. Son image se met à circuler sur le Réseau neuronal planétaire (ou RNP, autrefois appelé Internet) à une vitesse folle, jusqu'aux confins de la planète. Il croit pourtant maîtriser ce bouillonnement médiatique en ne s'exprimant que sur la lutte contre les braconniers des mers et sur le rassemblement des baleines qui garde tout son mystère. En apparence, le *héros des abysses* semble donc aller pour le mieux. En vérité, l'angoisse le mine chaque jour davantage. Elle est désormais présente du réveil au coucher avec, par moments, des attaques de panique qui le feraient hurler de détresse. Quant à ses nuits, elles sont hantées par des cauchemars de plus en plus violents, au point qu'il a été obligé de demander à Ahmed de lui trouver des somnifères. Car il est hors de question de confier à sa mère l'aggravation de son trouble mental. Jusque-là, il est parvenu à le lui dissimuler, et c'est à peine si elle le trouve tantôt taciturne, tantôt un peu trop excité. Mais cette comédie ne pourra pas durer longtemps. Déjà, il se rend compte, rien qu'en se regardant dans une glace, qu'il est en train de glisser vers une méchante dépression. La consultation chez le psychiatre lui apparaît désormais inévitable, mais il s'est donné jusqu'au 21 septembre, date de son rendez-vous avec Chandra Armana.

★★★

Le 20, vers dix-sept heures, il fait les cent pas dans sa chambre. Une fois encore, il écarte de l'index le rideau de sa fenêtre de chambre pour scruter la rue, prenant soin de rester invisible en se tenant sur le côté. En cette fin d'après-midi, une petite foule de curieux piétine devant la maison. Parmi ces inconnus – dont de nombreuses filles –, il y a quelques photographes de presse. Avant de le rejoindre, Ahmed les a questionnés.

Il a ainsi pu apprendre qu'ils travaillent pour des magazines *people* destinés aux 15-20 ans. « Il paraît que ta belle gueule fait un malheur », a-t-il précisé. Ce *malheur* tire à Jason un pâle sourire car, s'il y a une chose qu'il déteste par-dessus tout, c'est d'être réduit à une *belle gueule*.

Rompant un long silence, Ahmed revient sur le sujet :

— Si ça continue, faudra qu'on te trouve des gardes du corps pour sortir.

Le jeune Tunisien, confortablement installé en tailleur sur le lit de son copain, est en train de lire le reportage d'*Europe aujourd'hui* sur une tablette numérique.

— Arrête, tu vas me fiche la trouille, réplique Jason en abandonnant son poste d'observation. Alors, qu'est-ce que tu en penses ?

Ahmed fait une moue indécise.

— Pas mal.

Il lit à voix haute :

> Que Jason Bastian ait ou non vécu réellement cette aventure exceptionnelle n'est pas d'un intérêt majeur. Car, comme vous le découvrirez dans l'interview ci-

dessous, son témoignage a le mérite de nous rappeler que la préservation de la faune marine, comme d'ailleurs de la vie sous toutes ses formes, avant d'être une affaire d'argent est une histoire d'amour. En interrogeant ce lycéen comme les autres, j'ai eu le sentiment de me trouver face à quelqu'un de sincèrement inquiet, je dirais même effrayé. Rien à voir avec les fanfarons qui se produisent, par exemple, dans une certaine émission sur TV-Europe. D'ailleurs, l'exploitation du récit de Jason Bastian par cette chaîne de web-TV n'est pas faite pour conforter sa crédibilité. Et c'est bien dommage ! Mais c'est un autre débat.

— C'est ça, suite au prochain épisode ! conclut Ahmed. Je me demande s'il n'est pas en train de régler des comptes avec Chèze sur ton dos, celui-là.

— Possible, mais je m'en fiche, réplique Jason avec morosité.

À travers cet article, pourtant plutôt positif, il sent poindre la polémique, les mises en doute, les accusations, les propos cyniques… Ce sont peut-être les prémices d'un retour de bâton de cet *emballement nucléaire* contre lequel son père l'a mis en garde hier, lors d'une conversation par vidéocom. Pour autant, il n'a aucun regret – du moins pas encore car il ne sait pas ce que lui réserve l'avenir, et il n'est pas exclu que ce soit le meilleur…

À cet instant, la petite musique du vidéocontact retentit sur son bureau.

« Identification ! » ordonne Jason au domocontrôle qui gère tout l'équipement électronique de la maison.

« TV-Europe, Marc Chèze » répond une moelleuse voix féminine.

« Je prends. Écran, chambre Jason ! »

Ahmed se lève vivement pour aller se placer hors champ, debout à gauche du bureau sur lequel trône l'écran plat de l'ordinateur.

— Bonjour, lance Jason à l'apparition du visage de Marc Chèze.

— Bonjour, mon garçon ! Je ne te dérange pas ?

Autant le jeune homme affiche une mine d'officiant des pompes funèbres, autant l'animateur est rayonnant.

— Je suis désolé, Monsieur, s'excuse le premier, je ne pensais pas que j'allais provoquer une telle polémique avec mes histoires.

— Mais non, au contraire ! rétorque l'animateur. C'est formidable ! Comprends, mon petit, que plus on crache sur mon émission, plus on la regarde. Le silence, dans mon métier, c'est la mort ! Et trop de compliments, l'endormissement. Grâce à toi, j'ai gagné au moins dix points d'audimat. C'est génial, non ?

— Génial, répète Jason comme s'il avait mordu dans un citron.

Ahmed étouffe un rire.

— Écoute, j'ai une super nouvelle à t'annoncer : on va faire une émission complète avec toi. Tu ne seras pas le seul invité, mais le *héros du jour*, ce sera toi. Tu es partant, j'espère ?

— À voir. Il faut que je demande à mes parents.

Marc Chèze paraît brusquement contrarié.

— Ah, lâche-t-il. C'est obligé ? Parce que j'ai appelé ton père tout à l'heure et…

— … et il vous a envoyé vous faire voir ! le coupe Jason.

— On peut dire ça comme ça. Il m'a traité de « sangsue médiatique », mais il ne m'a pas interdit de te faire ma proposition.

— Je vais réfléchir. Merci, Monsieur.

— Salut, mon garçon, réponds-moi vite ! Et rappelle-toi qu'il faut manger le soufflé tant qu'il est chaud.

Une fois la communication coupée, Ahmed y va de son conseil :

— Envoie-le balader.

Jason médite quelques secondes, puis prend sa décision :

— Non, je préfère le laisser mijoter dans son chaudron.

L'instant suivant, l'image de Marc Chèze est remplacée dans sa pensée par celle de la jeune Indienne. C'est dans une heure qu'il doit la rencontrer, mais il en est déjà tout fébrile.

★★★

À dix-huit heures précises, Jason marche à grands pas dans la rue du Faubourg-Saint-Honoré où est situé l'Hôtel de Charost qui abrite l'ambassade de Grande-Bretagne. C'est là que la jeune fille lui a donné rendez-vous. Il en a déduit qu'elle devait être la fille d'un membre du corps diplomatique britannique, ce qui ne l'impressionne guère car, avec un père expert de renommée internationale, il a une certaine habitude des lieux officiels.

Juste avant de se présenter au pavillon d'entrée de l'ambassade, il se regarde dans la vitrine d'un magasin, se peigne avec soin, saute sur place pour déstresser… « Bon, faut que j'arrête ! » finit-il par se rudoyer. Il franchit un sas de sécurité vitré et blindé. Au passage, il est identifié et scanné. Un soldat anglais de garde lui fait alors traverser la cour pavée jusqu'au grand hall où il va être pris en charge. Là, le visiteur est accueilli par une hôtesse digitale 3D au sourire étincelant, affichée sur un écran transparent dressé derrière un véritable comptoir.

— Bienvenue à l'ambassade de Grande-Bretagne, Monsieur Jason Bastian, lance-t-elle d'une voix chantante avec un délicieux accent *british*. Veuillez patienter quelques instants, s'il vous plaît.

Jason déteste ces hôtesses virtuelles qui présentent toujours la même physionomie stéréotypée et la même voix numérisée, savamment étudiées pour répondre à des critères psychologiques rigoureux. Comme chaque fois, il adopte une attitude en complet décalage. Aujourd'hui, c'est le ton macho :

– Salut poupée, t'as de beaux yeux, tu sais ! Je viens voir Miss Chandra Armana. T'annonces Jason Bastian, et au trot, mignonne !

– Votre rendez-vous n'est pas encore arrivé, annonce l'image de sa voix *irrésistible*, mais un secrétaire est prévenu. Il vient vous chercher. Au revoir, Monsieur Jason Bastian.

– Salut, Miss Monde !

Le garçon lui tire la langue, puis se retourne pour explorer les lieux… et tombe en arrêt, les yeux écarquillés.

– Oh, bon… bonjour ! Je… j'ai… bredouille-t-il.

Dans le hall, se tient la jeune Indienne. Son sourire l'hypnotise. Son regard lui atomise la volonté.

– Bonjour, Monsieur Bastian. J'arrive à l'instant. Vous aussi, je vois.

L'adolescent se racle la gorge. Un bruit en sort pouvant ressembler à un « oui ».

– Je vous propose que nous allions dans le jardin, plutôt que de nous enfermer dans un salon.

Le secrétaire, un jeune homme blond en costume strict et sombre, se présente à cet instant. Chandra échange quelques mots avec lui en anglais puis, d'un geste gracieux, invite Jason à la suivre à l'arrière de l'édifice où s'étend un somptueux jardin... anglais. Elle lui désigne l'un des fauteuils d'osier disposés sur un gazon soyeux et moelleux comme une épaisse moquette.

En s'installant, Jason se rend compte qu'il n'a pas encore prononcé une parole.

— C'est très sympa de m'avoir reçu... enfin, de me contacter... je veux dire, merci, bafouille-t-il, rouge de confusion.

La jeune fille lui adresse un regard en biais d'une irrésistible amabilité. Ses vêtements bruns, rouges et safran, à pans flottants, lui donnent une démarche aérienne, tandis que sa longue chevelure de jais accompagne chacun de ses mouvements avec de sublimes ondulations. C'est du moins ce que croit voir Jason, troublé à en perdre la parole.

— C'est moi qui vous remercie, répond-elle, avec une voix au timbre cristallin.

Une fois les politesses échangées, elle explique pourquoi elle a souhaité rencontrer le *héros des abysses*. Dans sa bouche, ce sobriquet sonne aux oreilles de Jason comme *prince du Bengale*.

— Je ne vous cache pas que, sur l'ensemble de votre récit, seule la fin a retenu mon attention, avoue-t-elle en le regardant droit dans les yeux, ce qui n'arrange pas son état de confusion. En vérité, ce qui m'a incitée à vous contacter, c'est quand vous avez affirmé : « Je sais pourquoi les baleines se sont rassemblées ! » J'ai compris que vos explications ont été largement coupées au montage, si bien qu'on n'y comprenait pas grand-chose.

— Plus que coupées, renchérit Jason, sabrées, sabotées, mutilées !

— Oui. Alors, j'aimerais recueillir votre… comment dire ? témoignage, pour notre journal du lycée Victoria. Si vous êtes d'accord.

Jason est persuadé de lire de l'admiration dans ces immenses yeux noirs bouleversants de séduction, alors qu'il s'agit plus sûrement de curiosité. En tout cas, il est évident que ce n'est pas seulement pour les lecteurs de cette feuille de chou qu'elle l'a fait venir, mais parce que son histoire l'intrigue vraiment.

— Je veux bien, acquiesce-t-il. Mais ce qui m'est arrivé est difficile à croire.

Chandra a un sourire, puis rétorque :

— Je n'ai pas d'*a priori*. À travers votre interview à TV-Europe, j'ai compris que vous aimiez le monde marin en particulier, et la vie en général. Que votre histoire soit vraie ou non, votre sincérité est évidente. Acceptez-vous que j'enregistre notre conversation ?

— Bien sûr que non ! Euh… je veux dire oui, tout ce que vous voulez.

Elle sort de son minuscule sac à main de cuir rouge un smartphone, sélectionne l'application dictaphone, puis le tient comme un microphone entre ses doigts fins.

— Je suis prête. Peut-être pourriez-vous commencer par ce qui vous a amené dans la région des Bermudes.

Avec une totale confiance et presque d'une voix enjouée, Jason entame le récit de son voyage à la rencontre des baleines, sur le voilier de son père. Il explique sa fierté et son bonheur, au début, de nager parmi des cétacés. Mais ensuite, progressivement, alors qu'il raconte son singulier kidnapping, son visage devient plus grave et son regard absent.

— Elles m'ont entraîné vers le fond, explique-t-il. Pourtant je n'avais pas peur, je savais qu'elles ne me voulaient aucun mal.

Sa respiration se fait plus rapide. Il décrit avec précision les souvenirs marquants que lui a laissés cette expérience, l'euphorie de l'ivresse des profondeurs et la fascination pour les géantes des mers, mais aussi l'immense détresse qu'elles lui ont communiquée. Puis, tout à coup, il cesse de parler. Chandra l'observe, sourcils froncés, inquiète. Elle préfère cependant ne pas le perturber davantage en le pressant de questions. Elle se rend compte que l'expérience du jeune homme a été beaucoup plus traumatisante qu'elle ne l'aurait imaginé.

— Il y a un… quelque chose au fond, reprend Jason, le regard à présent habité par la peur.

— Qu'est-ce que c'est ? demande Chandra visiblement troublée.

— Je ne sais pas. C'est monstrueux et ça va arriver bientôt, très bientôt.

Il lève le regard pour la fixer droit dans les yeux.

— Je vous jure que je ne mens pas, poursuit-il comme s'il se défendait. Les baleines m'ont fait partager leur propre frayeur, c'est tout. Mais, pour moi, c'est comme un message qu'elles m'auraient chargé de transmettre au monde.

— Je veux bien le croire, consent la jeune Anglaise, mais à quoi cela servirait-il si nous ne savons pas de quoi il s'agit ?

— Je sais, soupire l'adolescent avec découragement. Il faudrait aller voir avec un bathyscaphe, mais je ne vois pas qui pourrait financer une telle opération.

Chandra hoche la tête et songe que l'idée n'est pas si naïve qu'il y paraît car elle se souvient d'avoir déjà entendu parler d'un projet similaire. Un scientifique anglais, John Hegghins, spécialisé dans les problèmes environnementaux, a suggéré d'aller explorer la fosse océanique, là où se sont rassemblées les baleines. Elle en fait part à Jason, puis précise :

— L'ennui, c'est que son projet n'a aucune chance de trouver un quelconque écho chez ceux qui pourraient le financer.

— Pourquoi ? interroge Jason qui entrevoit en un éclair une perspective inattendue à son problème.

— Parce que John Hegghins est plutôt mal considéré par les gouvernements, comme tous ceux qui prédisent des catastrophes climatiques à court terme. Certains le traitent d'*écolo illuminé*. Les Américains l'ont même accusé de *terrorisme écologique*. Il n'a aucun crédit vis-à-vis de la communauté internationale, et je crois savoir que ça l'a rendu un peu… comment dire ?… *dérangé*.

Jason se rembrunit, comme s'il prenait ce qualificatif pour son propre compte. Chandra Armana comprend que la conversation prend une tournure pénible pour son interlocuteur.

— Voulez-vous que nous arrêtions ? demande-t-elle.

— Non, surtout pas. Mais… je ne sais pas ce que j'ai. Depuis que je suis revenu des Bermudes, moi aussi je suis *dérangé*. La nuit, je fais des cauchemars atroces et, le jour, je suis torturé par l'angoisse. J'ai beau essayer de lutter, de m'autosuggestionner… Rien à faire ! Ça ne fait qu'empirer.

— Peut-être devriez-vous en parler à quelqu'un, je veux dire à un… Vous ne le prenez pas mal, j'espère ? s'interrompt-elle en constatant l'inquiétante pâleur du jeune homme.

Le souffle coupé, Jason prend quelques secondes avant de répondre :

— Non, bien sûr que non. Ma mère m'a déjà proposé de consulter un psychiatre, et je crois que je vais le faire. S'il vous plaît, ne le dites pas dans votre article.

— Ne vous inquiétez pas. Je ne rapporterai rien qui puisse vous nuire.

Pour signifier qu'elle a recueilli assez de confidences, elle range son mobile. Jason en déduit que la rencontre est terminée et qu'il doit partir. En vérité, il a tellement honte que c'est l'envie de fuir qui le tenaille.

— Je vous remercie de… Je vais y aller.

Il se lève. Pas elle.

— Votre père est médecin, je crois ? demande Chandra.

— Spécialiste des maladies tropicales, oui.

— Le mien est diplomate.

— Ah, oui ?

— Il est conseiller à l'ambassade ici, en France.

— Super !

Elle le regarde avec un petit froncement de sourcils.

— Excusez-moi, je vous retarde.

— Pas du tout !

Elle se lève. Il se rassoit. Les rafraîchissements arrivent, à point nommé pour Jason dont la gorge est plus sèche que celle d'un assoiffé dans le désert.

14

Une stupéfiante nouvelle

Le 20 septembre, à 15 heures et 22 minutes (21 heures 22 à Paris), au poste de surveillance sismique de Nassau, capitale des Bahamas, l'ingénieur de permanence est tiré d'une passionnante lecture d'un roman à suspense par un bip alternatif. Il fait pivoter son siège pour consulter l'écran du terminal sismologique. Sur ce poste, arrivent toutes les informations provenant des sondes de surveillance de la côte est des États-Unis et d'une grande partie de l'Atlantique Nord.

« Tiens, ça faisait longtemps » murmure le sismologue.

Il parcourt rapidement les comptes rendus chiffrés et les diagrammes qui s'affichent. Ce relevé correspond à un tremblement de terre de force 3, dont l'épicentre est situé à faible profondeur au large des Bermudes. Latitude 30°22´ nord, longitude 75°41´ ouest. Sa durée : 163 secondes. L'ingénieur se tourne vers un autre terminal, grâce auquel il peut communiquer avec les responsables scientifiques du monde entier et tous les autres centres de surveillance. Il transmet en mode *priorité basse* les paramètres du phénomène, indiquant qu'il s'agit plus probablement d'un gros glissement de terrain que d'un mouvement tectonique. Cela fait, il replonge dans son livre, les pieds dans des tongs et jambes croisées sur le pupitre.

★★★

Plus tard au cours de cette même journée, dans son bureau de la base navale de Key West, le colonel O'Neal reçoit une demande de communication d'un de ses officiers de permanence. Il pose sur son sous-main le dossier qu'il est en train d'étudier, puis prend l'appel.

— Je vous écoute, Lieutenant Moore.

— Mon Colonel, je reçois une information du pôle d'observation satellitaire, à propos des baleines.

— Du nouveau ?

— Elles sont parties.

L'officier se rembrunit.

— Parties comment ?

— Elles se sont dispersées, assez rapidement, comme si elles répondaient à un même ordre.

Le colonel reste un moment dubitatif, puis remercie son subalterne.

Qu'est-ce qui leur prend ? s'interroge-t-il. Il chasse la question de son esprit pour se concentrer à nouveau sur son dossier… en vain. Le front soucieux, il repense à cette dispersion qui ne lui semble pas de bon augure. L'envie lui vient d'interroger par Internet le centre météorologique… Aucun cyclone n'est signalé en formation – au contraire même, un temps de rêve est prévu pour les dix prochains jours. Il pense alors à se connecter au Réseau international de surveillance sismique. En quelques clics sur son écran, il entre dans le site de l'organisme, puis se rend à la page *Observation des mouvements tectoniques*. L'un des tout derniers rapports sismiques décrit un événement peu profond, de magnitude 3, du côté des Bermudes. Son intuition se voit ainsi confirmée. *Bien*, songe-t-il, *et alors ? Quelle conclusion tirer d'une pareille coïncidence ?* Il revient à son écran de communication, posé à sa gauche sur le bureau, puis envoie une demande de contact au lieutenant Moore. Peu après, le buste du militaire apparaît sur l'écran.

— Mon Colonel ?

— Lieutenant, pouvez-vous m'afficher la carte de Vigi du secteur Babe-07, s'il vous plaît ?

— Tout de suite.

Après une courte attente, le colonel dispose sur son écran de gauche d'une vue en temps réel de la zone située à l'ouest des Bermudes, précisément là où a été détecté le glissement de terrain.

— Comme vous le voyez, Mon Colonel, il n'y a plus un seul cétacé, explique le lieutenant. Même les dauphins ont déguerpi.

— Je vois ça.

— Craignez-vous quelque chose de fâcheux ?

— Pour être franc, oui. Mais je me demande bien quoi… Dites-moi, le bateau que je vois sur la cote 18-02, c'est un paquebot, n'est-ce pas ?

— Le Britania 7.

Le colonel O'Neal n'aime pas du tout ce qu'il a sous les yeux, c'est-à-dire une quinzaine de navires plus ou moins gros. En temps normal, il est rare d'en trouver ne serait-ce que deux sur une si petite portion d'océan.

— On se croirait un jour de grande parade maritime, commente-t-il.

— Ce sont des touristes venus à la rencontre des baleines. Ils vont être déçus.

— Oui. J'espère que ça va les inciter à se disperser, eux aussi.

— Souhaitez-vous que nous leur adressions un message particulier ? s'enquiert le lieutenant qui partage maintenant l'inquiétude de son supérieur.

— Ce serait une bonne idée, si on savait quoi leur dire. Dans un premier temps, je vais informer l'état-major, ensuite je verrai. De votre côté, ne quittez pas ce secteur des yeux.

★★★

À Paris, la nuit est paisible, sauf pour un certain Jason Bastian qui se tourne et se retourne dans son lit, sans parvenir à trouver le sommeil. Tout à coup, il se redresse et s'assoit, bras croisés, furibond. Avant de se coucher, déterminé à affronter tous les cauchemars de l'enfer, il n'a pas pris de cachet pour dormir et s'en veut à présent. Cette fois, ce n'est pourtant pas un monstre des abysses qui hante sa pensée, mais une sirène à la peau brune, avec une chevelure de déesse indoue et au sourire à faire se damner un évêque.

« Lumière plafond, faible ! » ordonne-t-il sèchement au domocontrôle.

Aussitôt, l'étroite frise translucide qui court en haut des murs diffuse une agréable luminosité. Il se passe les mains dans les cheveux, bâille interminablement et finit par se lever. Il va s'installer dans son fauteuil de bureau, puis allume son ordinateur d'un simple effleurement. Fixant l'image bleu marine de son fond d'écran, il reste pensif, ruminant à nouveau des idées noires à propos de sa rencontre avec la jeune Chandra Armana. Il se remémore la pénible séance de confession. Ensuite, le climat s'est nettement réchauffé, du moins pour lui car, pour Chandra, la météo émotionnelle semble invariablement fixée sur *soleil et mer calme.* Il a pu obtenir quelques informations intéressantes à son sujet, bien qu'elle soit restée plutôt réservée, se montrant en revanche très curieuse à son égard. Il a donc appris qu'elle a presque dix-sept ans et va au lycée international Victoria de Londres, qu'elle voyage fréquemment avec son père lorsque celui-ci part en mission pour le gouvernement de Sa Majesté, et que, durant ces absences qui peuvent être parfois longues, elle continue de suivre ses cours par l'une des chaînes éducatives de la web-TV britannique. Il sait aussi qu'elle parle trois langues, qu'elle est passionnée par les poissons et les papillons, et qu'elle croit en la réincarnation… Le *héros des abysses* soupire. Une fille comme ça, songe-t-il, ce n'est pas pour lui. Elle est une princesse de conte de fées, tandis que lui est un… un quoi ? Un empoté de première ! En se repassant dans la tête le film de l'entretien, il ne voit qu'un maladroit, tantôt vantard, tantôt *bafouillard* et plus d'une fois nul à pleurer. Sans parler de ses sottes révélations sur sa maladie mentale. C'est ce qu'il pense en cet instant, et ce qui explique son insomnie.

« Quel con ! » lâche-t-il en serrant le poing.

Avant de se coucher, il a adressé tous azimuts des messages d'excuse et d'annulation à ceux à qui il avait donné son accord pour une rencontre, une interview ou une émission… à tous ! Il n'y a que son père, en voyage en Asie, qui ignore encore sa décision d'interrompre sa campagne médiatique avant qu'elle ne tourne au désastre. Il faut dire que, lorsqu'il a terminé ses envois, à 22 heures 30, il était 4 heures 30 à Singapour. Mais maintenant, il est 1 heure 10 à Paris, soit 7 heures 10 là-bas.

« Ça doit être bon, se dit-il, il est sûrement réveillé. »

Il programme l'adresse électronique que le médecin lui a laissée avant son départ. Sa demande de communication retentit directement dans la chambre d'hôtel de son père. Celui-ci l'accepte, mais c'est un homme aux yeux gonflés de sommeil et à la chevelure en bataille qui apparaît sur l'écran. Jason se mord les lèvres.

— Papa, tu dormais ?

— À ton avis, brigand ? J'avais une réunion hier, avec des politiques, qui s'est terminée à deux heures du matin. Deux heures ! Tu te rends compte ? Je l'aurais étranglé, ce gouverneur… Enfin, soupire-t-il en se grattant la barbe. Qu'est-ce qui se passe, mon fils ?

— Une super nouvelle ! Tu vas aimer.

— Hmm, bâille Jack.

– J'ai annulé toutes mes interventions médias.

– Pourquoi ? Aurais-tu enfin compris ?

– Exactement ! Un peu grâce à toi.

– Merci… pour le *un peu*.

– Je voulais dire un peu beaucoup. J'ai fini par comprendre que j'ai mis les doigts dans un sale engrenage.

Jack Bastian regarde la caméra avec un air d'évidente satisfaction.

– Je te pardonne de m'avoir réveillé, dit-il, ça valait le coup. Mais tu me donneras les détails demain, d'accord ?

– Ok, retourne te coucher. On te revoit quand à Paris ?

– D'ici une semaine ou deux, plutôt une que deux, j'espère. Vous me manquez, tous les deux.

– Toi aussi, bonne nuit, p'pa.

– Dis-moi, Jason, tes cauchemars, ça va comment ?

L'adolescent se rembrunit, malgré ses efforts pour n'en rien montrer (la luminosité dorée dans laquelle est plongée sa chambre facilite la chose). Il s'aperçoit alors que le 21 septembre a commencé depuis plus d'une heure. S'il respecte son engagement, il devrait révéler la vérité sur ses problèmes d'angoisse. Il décide pourtant de la taire.

— Ça va, laisse-t-il tomber.

Il embrasse son père qui lui adresse mollement un salut de la main, puis met fin à la communication. Avant de retourner au lit, il ouvre sa boîte infos qu'il a paramétrée de telle manière qu'elle collecte en permanence toutes les nouvelles touchant au rassemblement des baleines. Depuis son retour de vacances, il n'a jamais cessé de suivre l'évolution du phénomène, grâce à ce formidable chaudron à informations qu'est le RNP. L'esprit accaparé par le visage de la belle Anglaise, il parcourt la liste des titres de pages web collectées : « 01 h 07 : La Commission intercontinentale de surveillance océanique réfute... » – « 01 h 03 : Le secrétaire du département américain de la Défense a déclaré... » – « 00 h 58 : Le Centre d'observation océanographique de Nassau signale... ».

« Nassau, c'est aux Bahamas » se dit-il à voix haute.

Il clique sur le lien. Le communiqué qui s'affiche est bref, mais le foudroie de stupeur. Sous le coup de l'émotion, sans réfléchir, il lance une demande de communication à son père qui dort comme un bébé à Singapour. Jack apparaît bientôt à l'écran encore plus somnambulique que cinq minutes plus tôt.

– Cette fois Jason, je vais me fâcher ! gronde-t-il.

– Papa, les baleines ont disparu ! annonce d'emblée son fils.

– Quoi ? Qu'est-ce que tu racontes ?

– Lis toi-même. Je t'affiche le communiqué d'une station d'observation des Bahamas. Elles sont parties, comme ça, sans raison !

Un œil à demi fermé, Jack lit le texte qui s'affiche dans une fenêtre au bas de son propre écran de communication.

– Hmm, je vois ça. Eh bien tant mieux. Écoute, Jason…

– Papa, tu ne comprends pas ? Ça va arriver ! C'est imminent. Il va se passer quelque chose, un cataclysme, c'est sûr !

– Jason, tu commences à sérieusement me tirer les poils du nez ! J'ai sommeil ! Je veux dormir ! Je veux que tu me fiches la paix. Et c'est un ordre ! Compris, moussaillon ?

Jason se calme un peu, mais en lui roule toujours le tambour d'alarme.

— Ça va, je te laisse. Pardon, papa.

— Mouais. À… hmm… demain, bâille Jack.

Son image disparaît de l'écran. Jason se met à réfléchir, accoudé sur la tablette de son secrétaire, le menton dans les mains. L'angoisse le taraude toujours mais, bizarrement, il éprouve en même temps un certain soulagement, sans doute parce qu'il sent intuitivement qu'avec cet événement, la fin de ses souffrances approche. Tout à coup, une idée lui vient : et s'il envoyait un vidéomail à Chandra Armana ? Comme ça, dès demain matin, si elle allume son écran… Il suspend sa réflexion, se rendant compte qu'il est en train de prendre prétexte du départ des baleines pour la contacter de nouveau. Et cela risque de se voir ! D'autant qu'il n'a objectivement plus aucune raison de la revoir et qu'elle n'en a pas manifesté le souhait, même par politesse, quand ils se sont séparés hier soir. Il hésite, tourne sept fois son désir dans sa tête, puis finalement se dit qu'il n'a rien à perdre. Simplement, il va devoir trouver une bonne raison, du genre… Une vague idée surgit dont il ne veut même pas discuter avec lui-même.

Il affiche la fenêtre du logiciel de communication, redresse le buste, ouvre la bouche pour ordonner l'ouverture de sa vidéomessagerie… et se frappe le front de la paume.

« Mince ! Je suis à poil ! »

Il se précipite dans son armoire où il choisit son sweat-shirt préféré, celui sur lequel est imprimé un dessin montrant la Terre semblable à un visage aux pommettes enflammées, un thermomètre dans la bouche. Autour, un slogan avertit : « La planète est malade de nous. Soignons-nous, si nous ne voulons pas l'achever. »

Il se peigne, fait fonctionner ses mâchoires, souffle, bouge la tête à la manière d'un sprinter avant le départ. Enfin, il commande l'enregistrement.

15

On va tous mourir !

En se levant vers dix heures, le moral plombé par un sommeil en pointillé, Jason n'espère pas de réponse de Chandra Armana avant lundi. C'est aujourd'hui samedi, il va donc devoir attendre dans une impatience absolue deux jours entiers ! *C'est trop pour un être sensible comme moi*, gémit-il intérieurement. Il sort de sa chambre pour gagner la salle de bains tel un zombie un lendemain de fête. Ahmed, en revanche, a été super prompt à réagir au message hyperbref qu'il lui a adressé cette nuit. Dans sa réponse ultracourte, il lui a donné rendez-vous l'après-midi au Game-café, une caverne d'Ali Baba pour accros de jeux virtuels, dont ils sont des habitués. En remontant dans sa chambre, après un petit-déjeuner avalé dans la morosité, Jason constate l'arrivée d'un vidéomail dans sa boîte Touvenant. « Si c'est Marc Chèze, je l'envoie se faire voir sur Mars ! » grommelle-t-il. Il clique sur l'icône d'un petit facteur rétro, pédalant frénétiquement sur une bicyclette.

« Chandra ! » s'exclame-t-il en découvrant le nom de l'expéditeur.

Il s'empresse d'ouvrir le message. Le buste de la jeune fille apparaît. Elle est souriante, bien sûr, mais dans son regard se lit une légère contrariété.

> « Bonjour, *Mister Bastian… oh, sorry*, Monsieur Bastian… oh ! je me trompe encore puisque nous sommes convenus de nous appeler par nos prénoms. Jason, j'ai bien reçu votre information. Effectivement, c'est très bizarre. Vous me demandez si vous pourriez rencontrer un des responsables de l'ambassade britannique, mais je ne vois pas très bien en quoi cela pourrait vous être utile. Mieux vaut attendre, je crois… »

« C'est bon, j'ai compris, lâche l'adolescent avec dépit. »

> « Par contre, poursuit la jeune fille, nous pouvons nous voir pour parler de cela, si vous voulez… »

« Yahou ! »

« Cet après-midi, ce serait possible ? »

« Youhou-hou ! »

« Je vous suggère de me contacter directement à mon adresse Famille. Elle s'affichera à la fin de mon message. Alors peut-être à plus tard, Jason. »

Les immenses yeux noirs de la jeune fille deviennent tout à coup parfaitement fixes, et le soupirant est sûr d'y lire l'éclat subtil de l'espoir amoureux. Il s'aperçoit vite que l'image s'est tout simplement figée en fin d'enregistrement, comme cela arrive fréquemment avec ce type de vidéomail. Les coordonnées annoncées s'inscrivent en bas de l'écran. Jason bondit de sa chaise et commence à danser en rond en poussant des hululements de Sioux. Il s'immobilise, affiche un air tout étonné, puis lâche :

« Tiens, je vais mieux. »

★★★

À cette même heure, l'aube se lève sur le Triangle des Bermudes, rose et or, comme la promesse d'une journée merveilleuse. Le Britania 7, luxueuse nef des mers profilée comme un espadon, croise au cœur de ce légendaire coin d'océan. Ses huit cents fortunés passagers ont appris la veille avec désappointement que leur palace flottant s'était détourné de sa route initiale pour rien ! Pour rien, puisque les centaines de baleines qu'on leur avait promises se sont *envolées*. Ce bon mot prononcé par le commandant Terry Kirling avant l'ouverture du grand bal a suscité quelques rires complaisants. Mais en conciliabules privés, on ne lui a pas pardonné l'annulation de ce spectacle, surtout vu le prix de la croisière.

L'officier de quart radio a beau scruter au radar les environs sur des dizaines de kilomètres, y compris jusqu'au fond des abysses, c'est le désert absolu.

— Même les poissons sont partis ! déclare-t-il sans plaisanter au commandant venu aux nouvelles.

— Par contre, pour ce qui est des touristes, il y a ce qu'il faut. Regardez, Mon Commandant, rien que sur la zone des douze miles, nous sommes quatre.

— Je vois ça, soupire Terry Kirling en considérant d'un œil morose l'écran du radar. C'est bien, Monsieur

Winslow, restez attentif. Et si vous repérez un souffle, vous sonnez le branle-bas !

L'officier acquiesce avec un sourire entendu. Le capitaine parti, il se replonge dans la contemplation de ses écrans. L'un d'eux attire son attention car il indique l'approche à grande vitesse d'une forme venue du fond, juste sous le paquebot. C'est une masse formidable, gigantesque. Winslow devient livide.

– Mon Co... Mon Commandant ! appelle-t-il sans quitter des yeux le monstre qui fuse vers eux. MON COMMANDANT ! hurle-t-il.

Terry Kirling s'immobilise dans la coursive, un sourire se forme sur ses lèvres fines. Il imagine déjà la satisfaction de ses précieux clients quand il les invitera à venir admirer les baleines.

– COMMANDANT, ON VA TOUS MOURIR !

Le sourire se crispe. Terry Kirling ressent une brève secousse suivie d'un claquement sourd, comme si le paquebot avait heurté un objet mou. Puis, soudain, le bâtiment tout entier est comme soulevé par une main titanesque, puis happé... Le capitaine est jeté au sol. Il tente de se relever, mais est aussitôt projeté avec une violence inouïe contre un mur de la coursive.

Il reste étourdi quelques secondes, puis se redresse sur un coude et secoue la tête.

« Mais qu'est-ce qui se passe ? » s'interroge-t-il.

Alerté par un bruit de torrent, il se retourne et voit surgir du fond du corridor des flots bouillonnants qui, l'instant suivant, étouffent dans sa gorge un cri d'épouvante.

★★★

Sur l'un des écrans radar de la base de Key West, en Floride, le grain de riz lumineux figurant la position du Britania 7 disparaît tout d'un coup, sous le regard éberlué du lieutenant Moore. Quatre autres navires qui croisaient à proximité se sont également volatilisés, au cœur même du Triangle des Bermudes.

16

Des révélations sur la catastrophe

À Paris, Jason et Chandra conversent avec beaucoup de sérieux, tout en déambulant à pas lents dans la grande cour carrée de la pyramide du Louvre. La jeune fille a natté sa longue chevelure noire et revêtu une combinaison-pantalon de tissu vaporeux, serrée aux chevilles, imprimée de motifs cachemire safran et bruns.

— Mais quel est votre sentiment ? demande-t-elle.

Jason songe qu'il aimerait bien lui répondre qu'il est tombé *raide amoureux* d'elle. Le problème, c'est qu'elle ne l'interroge pas sur ses élans de son cœur, mais sur ce que lui inspire la dispersion des cétacés.

— Mon cœur me dit qu'il va se passer quelque chose, c'est tout.

— Pourquoi, à votre avis, cela doit-il avoir lieu à cet endroit précis de la planète ? insiste Chandra.

— Pourquoi ?

Jason ne sait vraiment pas quoi répondre, d'autant qu'il a l'impression très nette que la jeune fille a déjà une hypothèse en tête.

— Il faudrait peut-être faire des recherches sur le Triangle des Bermudes, dit-il simplement.

— Moi, je les ai faites, annonce-t-elle en lui adressant une œillade malicieuse. Et j'ai appris des choses intéressantes. Par exemple, connaissez-vous les particularités du sous-sol à cet endroit ?

Jason comprend qu'il est sur le point de se prendre une belle honte, celle de ne pas avoir eu la même curiosité évidente qu'elle.

— Non, qu'est-ce qu'il a de spécial ?

— Ce sont des roches sédimentaires, avec des fractures très profondes sujettes à des mouvements sismiques.

— Ah oui ? s'étonne Jason, impressionné. Et vous en avez déduit que cela pouvait avoir un rapport avec…

Il s'interrompt car, dans le sac que la jeune fille porte sur l'épaule, résonnent des chants de baleines.

— Oh, je suis désolée ! s'excuse Chandra. Mais je dois répondre, parce que cette sonnerie signale un contact important.

— *No problem*… je veux dire, bien sûr, allez-y.

Chandra s'empare de son smartphone et accepte la communication. Un jeune homme d'une vingtaine d'années de type indien, à la peau très brune, apparaît sur l'écran. Jason pense immédiatement que c'est le frère de la jeune fille… ou son *boyfriend*. En tout cas, il s'exprime dans un anglais élégant, facile à comprendre.

— Chandra, I'm sorry to call you on your emergency line, but a very serious event occurred.

— I'm listening.

— Perhaps your abyssal hero didn't tell lies.

— He's right in front of me.[*]

[*] — Chandra, excuse-moi de t'appeler sur ta ligne d'urgence, mais il s'est passé un événement très grave.

— Je t'écoute.

— Ton *héros des abysses* n'a peut-être pas raconté des mensonges.

— Il est devant moi.

— Oh… alors je vais parler en français. Washington nous a fait parvenir un communiqué transmis par les Nations Unies. Un patrouilleur de l'armée internationale a signalé le naufrage simultané de plusieurs navires de tourisme, dont le Britania 7, un paquebot de luxe de taille moyenne. Il n'y aurait aucun survivant…

— Aucun ?

— Pas un. Ce qui veut dire plusieurs centaines de disparus. L'événement s'est produit précisément là où les baleines se sont rassemblées ces dernières semaines.

Consternés, les deux jeunes gens échangent un regard d'incompréhension.

— Sait-on ce qu'il s'est passé ? finit par demander Chandra.

— Oui et non. Cela aurait un lien avec un glissement de terrain détecté vendredi dernier au large des Bermudes. Peut-être pourriez-vous venir à l'ambassade, si vous n'êtes pas trop loin.

— Nous arrivons dans dix minutes ! Merci, Ravi. À tout de suite.

Chandra range son mobile dans son sac à main, puis reste un court moment pensive avant de déclarer :

– Nous aurions dû vous écouter, Jason. Notre responsabilité pourrait être grande dans ce malheur.

– Avant de se couvrir la tête de cendre, il faudrait savoir de quoi il en retourne, non ? rétorque Jason.

– Vous avez raison. Rentrons vite.

Ils s'élancent en courant vers la rue de Rivoli, puis gagnent rapidement la rue du Faubourg Saint-Honoré. Alors qu'ils traversent à grands pas la cour pavée de l'ambassade en direction du grand hall, Jason s'enhardit à poser la question qui lui brûle les lèvres depuis tout à l'heure.

– C'était votre frère, celui qui vous a appelé ?

– L'assistant de mon père.

– Et votre père est ici ?

– Non, il est à Londres aujourd'hui. Je vous le présenterai à l'occasion.

– Oh oui, volontiers ! accepte l'adolescent, en forçant un peu l'enthousiasme.

Il n'est pas forcément rassuré sur le type de relations que pourraient entretenir le bel assistant et Chandra, mais content de cette proposition qui ouvre quelques perspectives.

★★
★

Les deux amis sont accueillis par Ravi dès leur entrée dans l'Hôtel de Charost. Avec un pincement au cœur, Jason trouve l'assistant indien encore plus séduisant qu'en vidéo. D'une élégance toute britannique, il leur fait traverser un grand salon d'apparat, puis les fait entrer dans une salle aménagée comme un véritable PC militaire ultramoderne.

— Normalement, ce que vous voyez là n'est pas accessible au public, déclare l'assistant diplomatique, s'adressant plus spécialement à Jason. Je vous demanderai de ne pas poser de question et de vous faire discret, s'il vous plaît.

— Plus tard, je veux entrer dans les Services secrets, réplique l'adolescent. C'est comme si je l'étais déjà. Je m'entraîne tous les jours à garder des secrets secrets…

Ravi acquiesce d'un léger sourire. Néanmoins, Jason ne peut s'empêcher de laisser son regard traîner autour de lui. Partout, ce ne sont qu'écrans, terminaux de communication, bureaux et tables numériques sur lesquelles il est possible de faire apparaître des cartes et toutes sortes de documents virtuels. L'environnement de travail n'a pas été négligé : de nombreuses plantes naturelles et une décoration sobre et de bon goût confère à ce lieu très animé une atmosphère exotique et fraîche. Une réunion se tient dans le fond, face à un écran géant fixé au mur.

— Venez, les invite Ravi.

L'arrivée des trois jeunes n'attire que peu l'attention, tant la situation paraît tendue. Une dizaine de femmes et d'hommes se tiennent debout ou assis sur de hauts tabourets, le regard fixé sur l'écran, à attendre semble-t-il des nouvelles. Un homme en costume d'une cinquantaine d'années s'approche pour saluer les nouveaux venus. Chandra paraît bien le connaître car ils échangent un bref sourire amical.

— Merci d'être venus si vite ! les accueille-t-il en baissant la voix. Je suis Andrew Shark, le premier secrétaire, déclare-t-il en serrant la main de Jason.

Chandra présente rapidement ce dernier qui salue la petite assemblée d'un geste discret de la main.

— A-t-on de nouvelles informations ? questionne-t-elle ensuite.

— Pas pour le moment, répond le secrétaire. Nous étions en train de nous interroger sur les causes de ces naufrages. C'est très… comment dit-on en français ?… *original*…

— … *étrange*, plutôt, rectifie une femme à la chevelure courte d'un blanc lumineux, au regard direct et ferme.

Chandra glisse à l'oreille de son ami qu'il s'agit de madame l'ambassadrice. Par délicatesse pour Jason, la femme choisit le français pour leur apprendre qu'un yacht touristique amphibie, en excursion dans le secteur de la catastrophe, a échappé au naufrage. Son capitaine aurait vu à la jumelle la mer bouillonner autour du Britania 7. Ensuite, une gigantesque vague, ou peut-être un geyser, a soulevé le paquebot d'au moins dix pieds. L'instant suivant, celui-ci avait disparu, comme aspiré par un tourbillon. La *chose* avait une circonférence de vingt miles environ et a englouti de la même façon plusieurs autres bâtiments. Le yacht a lui aussi été violemment bousculé et submergé par un mini raz-de-marée, mais il s'en est sorti grâce à sa conception particulière.

— Sans ce capitaine, conclut l'ambassadrice, il n'y aurait eu personne pour témoigner de ce qui s'est passé. Nous en sommes là, mais nos compatriotes scientifiques du CRO* des Falklands doivent nous contacter d'un instant à l'autre pour nous en dire plus. Ils planchent déjà sur une hypothèse sérieuse.

La communication s'établit tout à coup avec les Falklands. Un homme assez jeune, en chemise bleue affublé d'une barbiche zen, fine et interminable, apparaît sur l'écran mural.

— Bonjour à tous ! lance le chercheur.

Jason esquisse une grimace car il s'exprime en anglais, langue que maîtrise modérément le garçon – ce qui ne l'empêche pas de saisir l'essentiel de la communication.

— Alors voici les nouvelles : nous pensons que c'est l'hydrate de méthane qui est en cause dans cette affaire. C'est une sorte de glace qui contient une quantité énorme de gaz. Un centimètre cube libère jusqu'à 164 centimètres cubes de méthane ! Cet hydrate est d'origine sédimentaire et se forme à des profondeurs supérieures à 500 mètres. Il faut aussi que la température soit inférieure à quarante et un degrés Fahrenheit**. Les quantités d'hydrate

* CRO : Centre de recherche océanographique.

** Cinq degrés Celsius.

de méthane enfouies sous les océans sont gigantesques, mais son exploitation a été interdite par la convention de Tokyo en 2029, en raison de sa dangerosité…

— C'est-à-dire ? interroge l'un des diplomates présents.

— Vous savez que le méthane est un gaz à très haut effet de serre. L'exploitation de son hydrate présente des risques de dégagement accidentel beaucoup trop élevés. D'ailleurs, nous craignons que la quantité qui vient d'être libérée, même si elle est dérisoire à l'échelle planétaire, n'agisse comme un détonateur sur le réchauffement climatique. D'après nos derniers relevés, le Gulf Stream a encore ralenti, et il est certain qu'il ne faudrait plus grand-chose pour qu'il s'arrête complètement. J'ai moi-même calculé le palier d'élévation de la température qui serait nécessaire pour…

— Mais quel est le lien entre cette glace de méthane et les naufrages d'aujourd'hui ? l'interrompt l'ambassadrice.

Jason songe qu'elle a bien fait de recentrer l'explication car il commençait à en perdre le fil.

— Euh… oui, donc l'hydrate de méthane. Eh bien, si le fond de la mer se fissure, à la suite d'une secousse sismique par exemple, de très importantes quantités peuvent être libérées en une seule fois et remonter à la surface. Ce serait comme une formidable *flatulence* sous-marine, si vous voyez ce que je veux dire…

Chacun voit, mais personne n'ose rire étant donné les circonstances. Pour Jason, c'est plus obscur car il n'a pas compris le terme. Il se penche vers Chandra pour demander.

« Qu'est-ce que c'est, une *flétlance* ? »

La jeune fille baisse les yeux de confusion et doit dissimuler un sourire. Elle lui glisse la réponse à l'oreille. C'est au tour du garçon de rougir.

Un autre conseiller de l'ambassade interpelle le scientifique :

— Et vous pensez, Richard, que cette grosse bulle peut causer à elle seule le naufrage d'un paquebot de cent vingt mètres comme le Britania 7 ?

— Hélas, c'est la seule explication scientifique pour le moment. Il a été démontré depuis longtemps que, lors de la montée de la bulle, la flottabilité d'un bateau est fortement perturbée, au point qu'il finit par couler, corps et biens. De toute façon, nous ne tarderons pas à en avoir confirmation par l'analyse des rapports des satellites espions. (Le scientifique prend un air contrit.) Voilà, mes chers amis. Si j'obtiens d'autres précisions, je vous les répercuterai sur-le-champ.

L'ambassadrice le remercie avant que la communication ne s'interrompe.

— Je propose que nous fassions une pause, disons d'une heure, dit-elle au groupe. Monsieur Bastian, êtes-vous disponible un moment ? J'aimerais que nous fassions connaissance.

— Bien sûr, Madame… euh… dois-je dire Madame l'Ambassadeur ? (Il se reprend en souriant.) Madame l'Ambassadrice ?

— Madame suffira. Allons dans mon bureau. Tu viens avec nous, Chandra ?

— Avec joie !

17

Le retour aux médias

De retour chez lui en fin d'après-midi, Jason est accueilli dans le hall par sa mère dont les traits sont tendus d'anxiété.

— Tu es au courant pour la catastrophe ? demande-t-elle.

— Oui. J'arrive de l'ambassade de Grande-Bretagne.

— Ah bon ! Qu'est-ce que tu y faisais ? s'étonne Corolline.

— J'étais avec la fille d'un conseiller, je t'expliquerai. Y a des nouvelles pour moi ?

— Tu as reçu des communications, des tas de communications.

— Ahmed ! s'exclame soudain Jason, se rappelant brusquement qu'il avait rendez-vous avec lui au Game-café.

— Oui, entre autres. Mais je lui ai expliqué que l'actualité du jour avait dû te tourner la tête.

Jason acquiesce, tout en se disant avec un pincement d'excitation qu'il n'y a pas que cela.

— Et pour le reste ?

— Alors…, soupire Corolline en consultant sa domotablette numérique. Planète-On-Line, France-TV5, Europe-Actualités… une dizaine de journalistes de presse vidéo et… Marc Chèze !

— Il peut toujours courir, celui-là.

— J'ai mis le domo-accueil, parce que ça chante toutes les deux minutes. J'espère que tu ne vas pas recommencer à te laisser entraîner ? interroge Corolline en fixant son fils avec insistance.

L'éducation qu'elle et son mari lui ont donnée a toujours été basée sur la responsabilisation, ce n'est pas aujourd'hui que cela va changer. Elle n'a cependant jamais exclu l'autorité, et il se pourrait qu'elle en fasse usage sous peu. Car, même si Jason est un garçon plutôt raisonnable, proche de sa majorité, il est hors de question de le laisser dériver seul sur les eaux tumultueuses de la médiatisation. Elle songe que seul son père, avec son expérience d'expert qui s'exprime souvent en public et dans les médias, pourrait le guider. Encore faudrait-il qu'il veuille bien poser ses valises, ne serait-ce qu'un mois…

— Ne t'en fais pas, maman, j'ai assez donné. En général, je ne replonge pas deux fois dans les mêmes bêtises.

— En général ? relève sa mère. Et en particulier, ça donne quoi ?

— Et en particulier, que je vais demander à papa de venir m'aider. Sans lui, je ne me sens pas de taille à affronter ce qui s'annonce.

Le regard de sa mère s'embrume d'émotion. Elle tend les bras dans lesquels il s'empresse de venir se blottir, très brièvement.

— J'appelle papa en priorité absolue ! Et Ahmed ! Quant aux autres… on verra plus tard.

★★★

Jack Bastian arrive dès le lendemain. Il s'installe chez son épouse, sur la proposition de celle-ci et seulement *pour des raisons pratiques*, évidemment. Pour Jason, la situation actuelle présente des paradoxes assez délicats à gérer. D'un côté, il vit les jours les plus excitants de sa jeune existence : amoureux comme jamais, sorti d'un éprouvant épisode dépressif, sollicité de toutes parts telle une star du *show-business*... D'un autre, plusieurs centaines de personnes ont perdu la vie, et cette catastrophe a rappelé, avec une acuité particulière, les dangers que fait courir à la planète le réchauffement climatique. Au cours des éditions spéciales des webjournaux et autres émissions d'information, les experts se bousculent pour faire comprendre au monde où, quand, comment et pourquoi il faut s'inquiéter.

Jason est, en ce dimanche après-midi, en train de visionner divers dossiers et émissions avec Ahmed, car « il faut que tu en saches un max avant de te présenter devant les caméras », lui a conseillé son ami. Pour sa part, son père lui a suggéré de laisser mijoter un peu les médias avant de leur accorder des interviews. La première est quand même prévue pour vingt heures, sur la plus importante chaîne nationale.

— Tiens, ça a l'air intéressant, ça, déclare Ahmed à l'affichage d'un titre de magazine télévisé. On regarde ?

— Vas-y.

Une fois l'icône correspondante sélectionnée, ils assistent à un reportage sur les conséquences prévisibles de l'arrêt du Gulf Stream, ce puissant courant atlantique qui régule les températures dans l'hémisphère Nord. L'intervention d'un spécialiste attire particulièrement leur attention :

— Le Gulf Stream est l'un des courants les plus importants de l'océan mondial. Pour faire simple, c'est une sorte de tapis roulant qui monte vers le nord en surface et revient en profondeur vers le sud. En voyageant vers l'Arctique, son eau se refroidit et se charge de sel à cause de l'évaporation. Il devient ainsi plus dense. À l'approche du pôle Nord, le sel est rejeté par l'eau qui gèle, ce qui forme la banquise, si bien que la salinité de l'eau de mer qui ne gèle pas s'accroît. Cette eau *alourdie* devient tellement dense qu'elle plonge vers les profondeurs. Et ainsi le tapis roule… en espérant que cela dure encore longtemps car l'arrêt de ce courant aurait des conséquences incalculables. Or, que se passe-t-il depuis quelques décennies ? Le réchauffement du climat a été particulièrement marqué près des pôles. La banquise se constitue moins vite et libère, sous forme d'une gigantesque débâcle d'icebergs au Groenland, d'énormes quantités d'eau douce.

L'eau se réchauffe en surface, perd de sa salinité et, donc, devient moins dense. Conséquence : le Gulf Stream ralentit. Sans alarmisme, mais simplement avec objectivité, on craint le pire pour les prochaines années, en particulier une baisse massive des températures en Europe et une pluviométrie générale complètement bouleversée. Si ce que je dis se réalise, il est clair que la question de notre autosuffisance alimentaire se posera à très court terme.

– Excusez-moi de vous interrompre, Professeur, intervient le journaliste, mais ça, nous le savons depuis des lustres.

– Eh oui, nous le savons, soupire le scientifique. L'humanité est comme ce fumeur qui voit sa santé se dégrader et ne fait rien pour changer de comportement. Et il répète en boucle : « Pour le moment, ça va. Pour le moment, ça va. » Les médecins de la planète que nous sommes ne détiennent aucun pouvoir, sinon celui de l'observation, de la compréhension et de la parole. Pour cette dernière, nous nous devons d'en user sans compter.

– Pourtant, depuis 2032, on a beaucoup fait, notamment pour limiter l'utilisation des combustibles fossiles.

Le professeur marque un silence avant de répliquer :

— Un peu, par rapport à rien, c'est beaucoup, je le reconnais. Mais beaucoup par rapport à un cataclysme programmé, croyez-moi, c'est loin d'être assez.

L'interview se terminant, Jason interrompt la diffusion du reportage d'un léger coup d'index sur son écran tactile.

— C'est ce genre de chose que tu devrais dire à la télé, ce soir, déclare son copain.

— Mouais. Des paroles, encore des paroles.

— Eh, Jason, t'as pas le droit de dire ça ! T'oublies que c'est grâce à des paroles et à des gens comme ce scientifique, par exemple, qu'on a limité un max de conflits, et qu'on a interdit définitivement la chasse à la baleine, la destruction des forêts tropicales, et quoi encore ? Si tu y vas dans cet état d'esprit, ce n'est pas la peine, mon vieux, reste chez toi. Et laisse tomber les baleines !

Jason réagit comme si une guêpe l'avait piqué.

— T'as raison, je raconte n'importe quoi ! Allez, on continue…

Ils se replongent dans les dossiers et les vidéos disponibles. Ahmed, qui commence à s'ennuyer un peu, aimerait obtenir des informations d'un autre genre.

— Au fait, comment ça va avec ta copine indienne ?

— Anglaise, rectifie Jason. Ça va, répond-il d'un air faussement distrait. On a décidé de se tutoyer, hier en se quittant.

— Ah oui ? Je vois, marmonne Ahmed avec un air sous-entendu. Y a du progrès. Et tu la revois quand ?

— Je ne sais pas. Elle doit repartir bientôt pour Londres.

— Et… elle n'aurait pas une copine par hasard, ta copine ?

— Attends que je me souvienne… Elle m'a dit le nombre : deux cent quarante-cinq. C'est l'effectif féminin du lycée international Victoria. Si ça t'intéresse, ils acceptent les Français.

— Oh, oh ! Génial ! Je m'inscris demain !

Jason hausse les épaules avec un sourire bienveillant. Son copain est la joie de vivre incarnée. Lui, au moins, n'est pas guetté par la dépression. À cet instant, Jason éprouve un pincement au creux de l'estomac qu'il ne reconnaît que trop bien.

— Qu'est-ce qui t'arrive ? T'as mal digéré tes pop-corn ? s'inquiète Ahmed en le voyant pâlir et porter une main à son ventre.

— Non, ça va. On continue.

★★★

À vingt heures, Jason est donc l'invité du journal d'information de la chaîne France-TV5, à diffusion européenne. Son père a tenu à être présent sur le plateau, derrière les caméras, tandis que sa mère et le copain Ahmed se sont plantés, chacun chez soi, devant leur écran de web-TV. Chandra aussi s'est branchée sur ce journal, expliquant à son père, venu la rejoindre dans le salon de leur maison à Londres, qu'un ami allait s'y exprimer.

— C'est lui, explique-t-elle à l'apparition du jeune homme, attablé à gauche de la présentatrice.

— Beau garçon, ma foi, commente le diplomate, la tête parfaitement immobile. Et c'est ton ami ?

Chandra sent ses pommettes s'échauffer légèrement.

— Mais oui, un ami, que j'ai interviewé pour le journal du lycée.

Un reportage diffuse des images impressionnantes du Britania 7, reposant intact par six cents mètres de fond. Non loin de l'épave, la caméra fait découvrir un stupéfiant cratère de plusieurs centaines de mètres de circonférence, d'où se serait échappée la monstrueuse bulle de méthane. La diffusion achevée, la journaliste donne quelques informations complémentaires, puis se tourne vers son invité.

— Jason Bastian, vous êtes donc ce jeune homme que certains d'entre nous ont découvert à l'émission de Marc Chèze, *Héros d'un jour*. À ce moment-là, reconnaissons-le, personne ne vous a cru ni même vraiment écouté. Nous avons également en mémoire la polémique qui s'était greffée sur votre témoignage et son exploitation commerciale…

— C'est vrai qu'on a raconté pas mal d'idioties après cette émission, déclare Jason qui fait preuve en ces premières secondes d'une certaine assurance. Mais c'est un peu normal. Moi-même, je ne me serais pas cru si je n'avais pas vécu cette expérience.

— Et aujourd'hui que vous voyez confirmée votre prémonition ?

— Attendez, je n'ai jamais parlé de prémonition.

— Votre intuition alors.

— Non, non, il ne faut pas se tromper sur les mots, insiste Jason. J'ai eu un contact avec des animaux qu'on croit trop souvent plus ou moins stupides. Ils m'ont communiqué leur peur et j'ai compris que c'était un avertissement pour nous.

— Mais comment expliquez-vous que les baleines vous aient choisi et pas l'une des nombreuses équipes de scientifiques qui ont plongé au cœur de leur rassemblement ?

— Je me suis posé la question. Et j'aimerais bien connaître la réponse.

— Pensez-vous qu'elles recommenceraient à… comment dois-je dire ? à vous *parler*, si vous en croisiez à nouveau ?

— Si vous me payez le voyage, je veux bien y retourner, sauf en Atlantique Nord, il fait trop froid.

Sans s'en rendre compte, Chandra sourit et serre les poings à chaque réplique habile de son *ami*. Son père, qui l'observe du coin de l'œil avec amusement, apprécie également la prestation de Jason.

— Dans un magazine en ligne, reprend la présentatrice, vous avez évoqué votre souhait de rejoindre une organisation de protection de l'environnement, est-ce fait ? Et peut-on savoir sur laquelle a porté votre choix ?

Jason marque une hésitation avant de répondre. Il ne se souvient pas avoir tenu de tels propos, à moins qu'un journaliste ait interprété une vague allusion. Une idée lui vient, un peu provocatrice :

— Je ne me suis engagé nulle part, mais les Sentinelles de Gaïa pourraient m'intéresser.

— N'est-ce pas ce groupe très actif créé par ce scientifique anglais… le nom m'échappe.

— John Hegghins. J'ai entendu dire qu'il est le seul à avoir proposé d'envoyer un bathyscaphe explorer les fonds marins, sous le rassemblement des baleines. Si on l'avait écouté, peut-être qu'on n'en serait pas là aujourd'hui, vous ne croyez pas ?

La journaliste élude habilement la question.

— J'en déduis que vous allez consacrer une part importante de votre temps, peut-être votre vie, à militer pour la cause animale. Mais…

— Excusez-moi, je vous coupe encore, mais je voudrais préciser que la cause animale, c'est aussi la cause humaine. Le mal qu'on fait aux bêtes, on le fait aussi aux hommes et inversement. Si je milite un jour, ce sera pour le respect de la vie, sans restriction. Je dis cela parce que, récemment, quelqu'un m'a demandé pourquoi je ne m'intéressais pas au sort de mes semblables… et ça avait l'air d'un reproche.

Jason adresse un regard à la caméra. Chandra frémit, car elle a l'impression que c'est elle qu'il fixe, personnellement.

L'interview se poursuit encore deux minutes, puis s'achève sur cette conclusion :

— Une dernière question, Jason : est-ce que cela vous plaît qu'on vous surnomme le *héros des abysses*.

L'adolescent paraît réfléchir quelques secondes. En vérité, il n'ose pas lâcher la réplique qu'il a prévue pour ce genre d'allusion.

— Non, finit-il par déclarer. Seuls ceux qui ont apporté quelque chose de positif au monde sont des héros.

Ceux qui n'ont rien fait d'autre que de passer à la télé ne sont rien, rien que des pantins. C'est tout ce que je suis pour le moment.

Devant leur écran de web-TV, Corolline et Ahmed approuvent avec fierté devant une si franche humilité. À Londres, Chandra éprouve un sentiment très différent. Derrière cette déclaration, elle décèle du dépit, peut-être le regret de n'avoir pas fait plus pour que soit évitée la catastrophe. Elle n'est pas loin de la vérité car ce qu'éprouve Jason en cet instant est un douloureux bien que vague sentiment de culpabilité.

18

Une nouvelle alerte

Choisissant judicieusement ses lieux d'intervention avec son père, Jason communique de plus en plus habilement, avec une audience de plus en plus étendue. Il est bien décidé à ce que son statut de *héros des abysses* serve à la cause qu'il a choisi de défendre. Sa première victoire, il la remporte au lycée : les mauvaises langues ont cessé de s'agiter, tandis que les admirateurs et les admiratrices se multiplient.

Ahmed lui fait remarquer un matin, avant d'entrer en cours, qu'il est devenu une *icône des jeunes*.

— C'est quoi, ça ? demande l'intéressé.

— Un truc sur lequel on clique pour ouvrir une fenêtre… (Jason hausse les épaules.) Ou, si tu préfères, un mec qu'on a envie d'aimer et de suivre jusqu'au bout de la nuit. *You understand ?*

— Arrête, tu vas me faire rougir.

— Faudra t'habituer, mon vieux, parce que ça ne fait que commencer.

Jason hoche la tête, songeant qu'effectivement, sa vie change à une vitesse vertigineuse. Le problème, c'est qu'il ne sait déjà plus comment la contrôler. Sa planche de salut, ce sont ses parents qui se sont *coalisés* pour l'encourager et l'accompagner. Ahmed aussi, qui n'a jamais été aussi proche et attentif, fait partie de son équipe de soutien. Quant à Chandra, elle occupe le reste de son champ de conscience, mais pas de son temps car, malheureusement, avec leurs agendas de Premier ministre, ils n'arrivent plus à se retrouver. Deux fois en dix jours ! La première se produit lors d'un voyage éclair à Londres, un mercredi, avec Ahmed. Une folle équipée non préméditée qui a d'abord surpris la jeune fille, puis l'a enchantée. La seconde fois, Chandra invite Jason à l'ambassade britannique où elle loge avec son père. À peine se sont-ils installés dans les fauteuils d'un salon de réception, qu'elle lui annonce une nouvelle désagréable.

— Mon père est nommé pour une mission de six mois en Afghanistan. Je ne vais pas le suivre mais, du coup, je n'aurai plus l'occasion de revenir à Paris.

— Ce n'est pas grave, c'est moi qui irai te voir.

— Bien sûr, mais… ça ne va pas être facile parce que j'ai pris un peu de retard. Alors, je vais devoir suivre des cours supplémentaires au lycée Victoria…

— J'espère que ce n'est pas à cause de moi ? la coupe Jason.

S'il était présomptueux, il imaginerait volontiers que les sentiments de son amie à son égard l'auraient troublée au point de l'empêcher de travailler. Mais ce n'est qu'un espoir…

— Bien sûr que non ! réplique-t-elle. Nous ne nous sommes pas vus si souvent.

Conscient de sa bévue, le garçon se traite d'idiot, mais n'en laisse rien paraître.

— Oui, c'est vrai. Excuse-moi. Tu disais donc ?

— Les vacances ne sont pas très loin. Je pense que mon père ne verrait pas d'inconvénient à ce que nous venions faire un court séjour à Paris.

– Pas trop court, j'espère. Mais, dis-moi, dans ton lycée, ils acceptent les élèves français ?

– Je pense. Simplement, si tu veux t'y inscrire, il faudra attendre la prochaine rentrée.

– Très juste, soupire-t-il. Écoute, on ne va pas passer notre dernière après-midi à se dire des trucs qui fichent les boules...

– Les boules ? *What is it ?* demande-t-elle.

– Euh... une expression stupide. Je te propose d'aller visiter quelque chose qui devrait t'intéresser.

– Tu m'intrigues.

– L'aquarium du musée océanographique de Paris ! On peut y écouter de superbes chants de baleines.

– Parfait. Tu me traduiras ?

– *No problem !*

★★★

Cinq semaines passent, ainsi que les vacances d'automne, sans que Chandra et Jason puissent se revoir autrement que par écrans interposés. Tous les deux ou trois jours, ils communiquent par vidéoconférence, s'abîmant dans des conversations sans fin où, très souvent, revient leur passion pour la nature et leurs inquiétudes pour l'avenir du monde. Jamais ils n'abordent les questions sentimentales. À peine Jason ose-t-il une fois demander à la jeune fille si elle a un *boyfriend*. Dans la réponse, volontairement évasive, il a cru comprendre que non, sans en être certain. Son sommeil s'en est trouvé sensiblement perturbé.

Côté notoriété, le *messager des baleines* est pour ainsi dire devenu une référence pour sa génération. Il reçoit trois à quatre cents vidéomails par jour, fait régulièrement la couverture des magazines, se rend à des manifestations ou à des conférences internationales en rapport avec l'environnement. Il a lancé une pétition mondiale pour imposer la création d'une brigade spéciale de lutte contre les braconniers des mers. Il a même été reçu en audience privée par le président européen.

Son père l'a étroitement secondé les premières semaines, puis il a été contraint de répondre à l'appel du devoir, qui l'a conduit en Malaisie. Il a promis de ne pas rester absent plus de trois semaines. Pour Corolline, c'est comme la fin d'une espérance. Quant à la catastrophe des Bermudes, elle a sombré assez rapidement dans les abysses de l'actualité, comme tout événement malheureux en ces temps difficiles où seuls comptent les soucis immédiats. Les sociologues ont remarqué que plus l'avenir s'assombrit pour l'humanité, plus celle-ci semble s'en désintéresser. Les prophètes de l'apocalypse climatique que sont les scientifiques et les mouvements écologistes n'ont pas la cote, à l'inverse des militants du *vivre-tout-et-n'importe-quoi-pourvu-que-ce-soit-tout-de-suite*. Jason est perçu comme un alarmiste par une partie de la population, alors qu'il ne fait que relayer les mises en garde et les conseils des gens clairvoyants. D'autres se fichent de ce qu'il raconte : ce qui les intéresse, c'est sa vie privée, notamment s'il a une petite amie. Désespérant.

À cause de cela, ou peut-être de l'absence de plus en plus pesante de Chandra, il s'est remis à cauchemarder la nuit et à angoisser le jour, avec encore plus de force qu'avant la catastrophe du Britania 7. Le psychiatre qu'il a bien voulu consulter a diagnostiqué un *syndrome du vétéran*. Autrement dit, tel un ancien combattant qui aurait enduré de trop violents chocs émotionnels, Jason subirait une « décompensation cathartique, caractérisée par une libération d'énergie psychique anxiogène résultant d'une extériorisation d'affects refoulés dans le subconscient ». Brillant diagnostic dont l'intéressé a tiré une conclusion lapidaire : « N'importe quoi ! » La seule chose utile qu'il ait gardée des consultations, ce sont les prescriptions d'antidépresseurs qui, certes, l'aident à tenir, mais pas à résoudre son problème. Ahmed, dont le point fort n'est pas la psychologie, fait tout ce qu'il peut pour aider son copain… sans le moindre effet visible. Et s'il s'angoisse à son tour, c'est de le voir sombrer lentement mais sûrement dans ce qui lui semble être un gouffre d'absurdités et dans unisolement de plus en plus grand. Un dimanche matin de novembre, il lui rend visite et le trouve au lit, à onze heures, incapable de se lever.

— Mais qu'est-ce qui te ronge comme ça ? s'énerve-t-il. Exprime-toi ! Y en a marre de te voir dans cet état !

Tout en restant allongé, Jason secoue la tête négativement puis se prend le visage dans les mains.

— J'en sais rien ! C'est là, ça me bouffe, c'est tout. Laisse-moi, s'il te plaît, je voudrais être seul.

— Sûrement pas ! Je suis ton pote, faudra me supporter. Alors, vas-y, cause. Lâche tout et reviens parmi nous.

Malgré sa souffrance, Jason ne peut s'empêcher de sourire à cette incitation un peu simpliste, mais touchante. Il se redresse, puis s'adosse à sa tête de lit. Il dévisage son copain quelques instants, avant de lâcher avec lassitude :

— Si je te raconte ce que j'ai en moi, tu vas penser que je suis bon pour l'HP*.

— Dis toujours. Si c'est trop délirant, je cogne.

Jason se donne un temps pour remettre en ordre ses idées car, depuis qu'il a ouvert l'œil, vers cinq ou six heures, il a navigué dans une confusion mentale où se mêlaient images, souvenirs et pensées nauséeuses.

— En plongeant avec les baleines, au mois d'août, c'est comme si je m'étais connecté à leur esprit. Ce que je ressens, c'est leur propre… je ne sais pas comment dire… leur propre état mental. Elles ont peur et moi aussi, comme si j'étais l'une d'elles. Tu peux comprendre ça ?

— Non, mais continue. Elles ont peur de quoi ?

— C'est instinctif, comme lorsque les animaux fuient devant un incendie. Parfois, je vois la mer qui se met à bouillonner et, aussitôt, je me mets à suffoquer comme si je me noyais. C'est cette menace qui me fait flipper, comme elles.

* HP : hôpital psychiatrique.

— Eh bien, murmure Ahmed en se passant une main dans les cheveux, on n'est pas tiré d'affaire. Il va falloir te trouver un bon docteur.

— Tu ne comprends rien, Ahmed ! Ce n'est pas moi qui ai besoin d'un docteur, c'est la planète ! LA PLANÈTE ! termine-t-il dans un cri.

Et il fond en larmes…

★★★

Au même moment, un écho radar dans un centre d'observation océanographique à Cuba réveille le technicien de garde. L'événement n'a rien d'insolite ou d'exceptionnel, mais il se situe du côté des Bermudes, ce qui évoque quelques mauvais souvenirs. Ce centre étant financé en grande partie par les Nations Unies, l'information est aussitôt transmise aux scientifiques et aux dirigeants du monde entier. Mais rares sont ceux qui vont prendre la chose au sérieux car la vigilance des observateurs officiels (armées ou centres d'observation divers) s'est quelque peu assoupie. Il est vrai qu'il faut être très attentif pour s'intéresser à ce visiteur qui tourne en rond depuis plusieurs jours dans le Triangle des Bermudes.

19

Une décision difficile

Jason rentre du lycée dans une voiture conduite par un chauffeur car il lui est désormais impossible de circuler tranquillement à pied ou en métro. Même avec son scooter électrique, il risque l'accident à chaque carrefour à cause de ses *amis* qui le suivent ou croient intelligent de lui ouvrir la route comme des motards de la Police nationale. Après avoir embrassé sa mère qui lit sur la terrasse derrière la maison, il monte s'enfermer dans sa chambre, avec un moral toujours aussi déplorable. Le harcèlement permanent de ses admirateurs a fini par le lasser. Ses interventions publiques qui se multiplient l'épuisent. Les *mystico-cuculs-de-tout-poil* qui le sollicitent pour entrer dans leurs rangs ou pour qu'il leur prédise la date de la fin du monde l'agacent prodigieusement… Plus que tout, Chandra lui manque. Il songe un moment à lui montrer par vidéomail, *pour plaisanter*, les centaines de déclarations d'amour qu'il a reçues dans sa boîte Touvenant. La seconde d'après, il se rend compte que ce serait parfaitement déplacé. En fait, ce qu'il attend et espère, c'est qu'elle lui fasse sa déclaration d'amour.

« Et puis d'abord, pourquoi ce serait à elle de le faire ? » proteste-t-il à voix haute.

L'ennui, c'est qu'à force de se ronger les sangs et de se déprécier, il a perdu confiance en lui, tandis qu'il est devenu irritable, voire agressif avec le reste du monde. Il en conclut qu'il doit attendre que tout soit rentré dans l'ordre pour reprendre une vie normale. À moins, songe-t-il, que, comme l'avenir de la planète, le sien ne soit définitivement compromis.

Pour chasser son pessimisme, il décide d'aller consulter ses messages du jour, en commençant par sa boîte Famille. Il allume son écran, et constate qu'un vidéomail à priorité haute l'y attend. *Tiens, serait-ce elle ?* s'interroge-t-il. C'est bien elle ! Le rythme cardiaque en accélération, il ouvre le fichier. Le visage aux traits délicats de son amie apparaît sur l'écran. Elle est visiblement préoccupée, ce qui suscite une pointe d'inquiétude chez le jeune homme.

« Bonjour, Jason. Nous ne devions communiquer que demain, mais Ravi vient de me donner une information que j'aimerais te transmettre à mon tour. Voilà, depuis deux jours, une baleine circule au large des Bermudes. Bien sûr, cela n'a rien d'exceptionnel, mais elle n'a pas un comportement très… disons, *normal*. Elle a entrepris de nager en cercle en suivant exactement la ligne de ses congénères en août. Elle est seule, totalement seule. J'ajoute que c'est une très grosse baleine bleue, probablement une femelle âgée. Or, on sait que cette espèce préfère les eaux tempérées ou froides, et qu'à cette saison elle ne devrait pas se trouver là. (Elle marque une courte pause avant de reprendre après un bref sourire, lourd de tristesse.) C'est tout, conclut-elle. Nous ne pouvons rien en déduire, mais je tenais à te mettre au courant. Contacte-moi ce soir, si tu le peux. Je ne bouge pas de la maison. Je… (Elle marque une hésitation.) je t'embrasse très fort, Jason. »

Le jeune homme ouvre de grands yeux ébahis. C'est la première fois qu'elle l'embrasse *très fort*. Elle vient de faire un pas important, auquel il répondra lors de sa réponse… Sa pensée revient sur l'information qu'elle lui a transmise. Une baleine bleue qui tourne en rond dans les eaux chaudes des Bermudes, en novembre, ça a forcément une signification. Intellectuellement, il ne voit pas, pas plus que n'importe quel expert de la planète. Mais, intuitivement, c'est autre chose. Cet événement d'apparence anodine résonne en lui comme une voix s'insinuant dans le bourdonnement incessant de sa pensée, comme un appel… l'appel des abysses. *Arrête de fantasmer !* s'insurge-t-il contre lui-même.

En proie à une agitation grandissante, il va s'allonger sur son lit pour être sûr de ne pas confondre désir et réalité. Il sourit en se rendant compte qu'il a déjà pris une décision, inéluctable.

« Je dois y aller ! »

★★★

Un peu plus tard, devant son écran qui affiche le buste de Jack Bastian…

— Si, papa, il faut absolument que je retourne là-bas ! Tu ne peux pas m'en empêcher… enfin si, tu peux, mais tu ne *dois* pas !

Rouge d'émotion, Jason se bagarre depuis dix bonnes minutes avec son père qui lui parle de l'autre côté de la terre, dans un dispensaire en pleine forêt tropicale. Jack aussi a pris des couleurs au cours de cette conversation animée. Il n'est pas d'accord, d'une part pour que son fils aille courir les baleines – surtout pas dans un coin où près de mille personnes ont laissé leur vie – et, d'autre part, parce qu'il ne peut pas abandonner une étude arrivée à un point crucial.

— Écoute, Jason, tu commences à me fatiguer. Je suis ton père, j'ai dit non, il n'y a plus à discuter. Comment va ta mère ?

— Mal ! lâche Jason.

Et il coupe la communication. De dépit, il saute sur place et maudit la terre entière d'être encore à six mois de sa majorité.

« De toute façon, j'irai quand même ! profère-t-il le regard enflammé de détermination. Personne ne m'en empêchera, personne ! »

Par contre, pense-t-il, il va falloir ruser car il serait stupide de partir sur un coup de tête. *Et puis comment d'abord ? Sur un canot pneumatique ?* ironise-t-il pour lui-même.

Retrouvant les réflexes de ses séances d'escrime, il se calme en contrôlant sa respiration. Tout en exécutant de lents mouvements de gymnastique chinoise, il commence à réfléchir à un plan pour arriver à ses fins. Il pense d'abord qu'aller jusqu'aux Bermudes ne présentera pas de problème, il n'aura qu'à prendre l'avion – sans autorisation parentale, ce n'est pas gagné, mais il se sent capable de trouver un moyen, au pire de fabriquer un faux. Mais ensuite, comment fera-t-il pour se rendre sur zone ? Sa conclusion est que s'il est seul, son expédition est vouée à l'échec. Il décide d'adresser un vidéomail à Chandra, afin qu'elle étudie avec son père et les relations de celui-ci un moyen de le conduire sur place.

Quelques minutes plus tard, c'est fait. Il a terminé son message en l'embrassant *très fort*, lui aussi.

« Bon, maintenant, maman ! » soupire-t-il avec une vive appréhension.

Car cette épreuve s'annonce corsée. Il songe que la dernière fois qu'il lui a menti, il devait avoir huit ans – il affirmait, main sur le cœur, ne pas avoir touché au pot de Noisitella, alors qu'il avait la bouche barbouillée de chocolat. S'il recommence aujourd'hui, c'est avec déchirement et uniquement par nécessité.

Cela n'apaise pas pour autant son malaise devant cette petite trahison. À moins qu'il biaise habilement, songe-t-il alors que, dans un coin de son cerveau, germe une idée. Il se pourrait bien qu'il trouve une solution pour présenter l'affaire sans créer d'inquiétude.

« Je sais ! Marc Chèze ! » s'exclame-t-il en claquant des doigts.

Il expliquera que TV-Europe souhaite tourner un reportage sur la survie des baleines, avec des prises de vues sous-marines. Bien sûr, on aura pensé à lui et le voyage ne durera que le temps du week-end. Et pour faire plus vrai, il demandera à Ahmed d'organiser l'affaire avec l'animateur. Le jeune homme est si malin que ça ne devrait guère présenter de difficulté. Pendant ce temps, depuis Londres, Chandra organisera le voyage jusqu'aux Bermudes. Car, bien sûr, il ne se servira de Marc Chèze que pour obtenir l'autorisation de sa mère (seule nécessaire, juridiquement). Une fois celle-ci en poche, il répondra à l'appel du large… Parfait ! Voilà, un premier souci de moins. Reste son père. Le problème avec lui n'est pas son interdiction, car son autorité aura bien du mal à s'exercer depuis la Malaisie. Ce dont Jason a absolument besoin, c'est de sa présence. La peur qui l'étreint à l'idée de plonger sans lui est intolérable. Il n'a donc pas le choix : il faut le convaincre !

Frémissant de nervosité, il s'assoit sur son lit et continue à réfléchir. Bientôt, une nouvelle préoccupation vient le perturber. Il devrait proposer à Ahmed de l'accompagner, parce que c'est bien le minimum qu'il lui doive. Pourtant, il ne le fera pas. Pour se justifier, il pourrait prétexter que le coût du voyage ne le lui permettrait pas, mais ce serait le trahir deux fois. La vérité, c'est qu'il veut y aller seul. Seul avec Chandra ? Non, ce n'est même pas ça. Plus fondamentalement, il perçoit ce voyage comme une épreuve initiatique, durant laquelle il va devoir plonger, non pas seulement dans les abysses, mais au fond de lui-même, à la recherche de sa propre vérité. C'est là que se niche la *révélation* qu'il doit mettre au jour. Et il compte sur les baleines pour l'aider.

Chandra sera là, non loin, mais pas *avec* lui. De même en sera-t-il pour son père.

20

L'appel du large

Dix jours plus tard, le premier objectif du plan, baptisé par Ahmed *Rendez-vous Mamy Blue*, est réalisé. Marc Chèze a marché à fond et s'est vaillamment battu pour faire signer les autorisations nécessaires au voyage, afin d'emmener Jason à l'autre bout du monde. Mais, comme prévu, au lieu de lui remettre les papiers une fois signés, l'adolescent les soustrait et les cache dans sa chambre jusqu'au jour J du départ. Pour éviter les questions et les soupçons de sa mère, c'est Ali, le frère d'Ahmed, qui passe le prendre en voiture, au nom de la production de l'émission *Héros d'un jour*. Corolline embrasse son fils, tout en lui donnant les ultimes recommandations dans le vestibule de la maison. Ensuite, elle lui adresse, depuis le pas de sa porte, un sourire chargé d'émotion contenue en guise de dernier salut. Une fois embarqué, le cœur battant à tout rompre, le jeune homme pousse un soupir de soulagement. Une nouvelle aventure commence…

Ce matin-là, Ahmed l'accompagne à la gare du Nord pour lui souhaiter bon voyage et lui assurer qu'il priera tous les jours le dieu des baleines. Pour finir, il l'embrasse avec effusion de larmes, comme s'il ne devait jamais le revoir. Enfin, à sept heures cinquante-sept, l'Eurostar démarre. À l'autre bout de la ligne, Chandra et sans doute Ravi seront là pour l'accueillir.

★★
★

Arrivé à Londres, Jason les découvre au bout du quai. Si Chandra était venue seule, songe-t-il avec regret, il aurait pu espérer retrouver sa princesse indienne comme dans les films. Par exemple, elle courant vers lui, chevelure au vent. Lui, lâchant son sac pour l'enlacer. Ils auraient tournoyé sur le quai, bouche contre bouche, heureux à la folie… Finalement, il a droit à un accueil courtois et d'une déconcertante fadeur.

Ravi s'empare du bagage du jeune Français en lui souhaitant : « *Welcome in London!* »

— Merci, répond sobrement l'intéressé.

— Bonjour, Jason, le salue Chandra avec la même sobriété.

— Bonjour, Chandra, articule l'adolescent.

Jason paraît s'être enfoncé de timidité dans le quai. Il s'attendait au moins à la voir s'avancer vers lui, tendre ses bras et les refermer autour de son cou, puis l'attirer doucement à elle afin de l'embrasser… sur les deux joues. Ils se serrent la main !

Tout en échangeant des banalités du genre : « Est-ce que tu as fait bon voyage ? As-tu faim ? Il faisait beau à Paris ? », ils quittent la gare puis s'engouffrent dans un taxi qui les attendait.

— Et côté avion, rien à signaler ? s'enquiert Jason, une fois installé. Les réservations sont bien confirmées ? Il n'y a pas de cyclone annoncé ?

— Non, tout va bien, répond Chandra sur un ton que le garçon perçoit glacial. Et ton père ? Est-il toujours d'accord pour nous rejoindre ?

Jason pique du nez en rougissant. Pour éviter les questions, les réticences et peut-être le refus de Chandra de se mêler de son affaire, il lui a présenté une réalité un peu arrangée.

— Veux-tu dire qu'il ne viendra pas ? s'inquiète la jeune fille.

— Je ne suis pas sûr…

— Pourtant, tu m'as juré que tu ne pourrais pas aller à la rencontre de la baleine sans lui.

— D'abord, je n'ai pas juré, se défend le jeune homme. Ensuite, effectivement, je n'ai pas la certitude qu'il sera déjà sur place quand on arrivera aux Bermudes.

Chandra le dévisage avec une sévérité qu'il ne lui a jamais vue. Pour lui, cela signifie que tout espoir de vivre une histoire d'amour est définitivement perdu.

— On a eu une conversation un peu électrique avant que je prenne le train, explique-t-il. Je lui ai dit que je partirais quoi qu'il en pense. Mais je lui ai tout expliqué, avec les horaires et tout, pour le cas où il changerait d'avis. Il est devenu blanc et n'a plus rien dit.

Chandra répond par un silence. Alors, pour en finir avec la liste des trahisons, Jason raconte comment il a trompé Marc Chèze, menti à sa mère et abandonné son copain à Paris.

– Voilà où j'en suis, soupire-t-il pour finir. Mais j'interdis à quiconque de me juger. Je le fais très bien moi-même.

– Personne ne songe à vous juger, rétorque Ravi. Pour ma part, je crois que je vous comprends.

Jason remercie l'assistant diplomatique d'un sourire, puis il fixe Chandra, la suppliant de s'exprimer.

– Il y a un petit changement de programme, annonce alors la jeune fille. Nous n'aurons pas le temps de passer par la maison. Il nous faut décoller à quatorze heures trente. Cela gagnera une demi-journée.

Elle marque une pause puis, sans quitter des yeux son ami assis en face d'elle, elle poursuit :

– Et puis, j'ai une bonne nouvelle, mon père a obtenu du ministère de la Défense qu'une frégate de la Marine royale nous attende au port de Hamilton. C'est elle qui nous acheminera sur place.

Nous ? Elle a bien dit *nous* ? Jason sent son cœur se serrer jusqu'à la douleur, tandis qu'il doit déployer des efforts terribles pour ne pas lui sauter au cou et lui crier qu'il l'aime.

★★
★

Alors que Jason, Chandra et Ravi, qui aura charge d'accompagnateur, survolent l'Atlantique en direction du trentième parallèle, le capitaine japonais d'un navire croisant dans la mer des Sargasses reçoit sur son terminal de pilotage une communication de son technicien de quart radio. Celui-ci signale avoir intercepté un message émis par un centre d'observation à Cuba. Le commandant de bord acquiesce d'un mouvement sec de la tête, puis demande l'affichage du document. Sur l'écran central, face auquel il est assis dans son confortable fauteuil de cuir rouge, apparaissent un texte en anglais et, dans une fenêtre au-dessus, une image satellite. Elle montre un rectangle de mer au centre duquel se dessine très nettement la silhouette d'un rorqual bleu. Le capitaine pousse un cri strident de joie, puis il aboie dans un micro des instructions en japonais à son équipage. Aux matelots harponneurs, il ordonne de vérifier le matériel et de l'adapter à une prise exceptionnelle. Il coupe la communication, puis se frotte les mains d'excitation.

★★★

Durant le vol, Jason et Chandra ont une explication qui permet de dissiper le malentendu entre eux. Pour cela, ils ont dû s'échapper au bar de l'Airbus Master-A980, laissant Ravi tout décontenancé aux mains d'une voisine de son âge aussi délurée qu'il est réservé.

– Pardonne-moi, si je t'ai paru un peu distante à Londres, explique la jeune fille, mais devant Ravi je dois rester discrète.

– Pourquoi ? C'est ton garde-chiourme ?

– Oh, non ! Mais je crois qu'il est un peu jaloux. Je ne voudrais pas qu'il se montre désagréable avec toi.

– À le voir comme ça, il a l'air plutôt cool.

– Tu sais, Jason, il ne faut jamais se fier aux apparences.

L'adolescent entrevoit soudain la terrible erreur de jugement qu'il aurait faite à Londres.

Il se passe une main dans les cheveux, comprenant qu'il a interprété les attitudes et les silences de la jeune Anglaise sous la lumière de ses propres inquiétudes. Son horizon mental s'éclaircit et devient aussi limpide que la haute atmosphère au-delà des hublots de l'avion, aussi bleu que le cocktail Lagon, sans alcool, que l'hôtesse dépose devant eux sur le bar. Il sourit. Elle sourit. Il éclate de rire. Elle l'observe, perplexe. Puis il lâche, comme se parlant à lui-même :

— C'est dingue comme on peut voir les choses de travers quand on n'est pas bien dans sa tête.

★★
★

À l'aéroport de Hamilton, capitale du Territoire indépendant des Bermudes, une surprise de taille attend les trois voyageurs… surtout l'un d'eux.

— Hé, Jason, regardez qui attend derrière les vitres ! Ne serait-ce pas votre père ? s'exclame Ravi alors qu'ils viennent de récupérer leurs bagages et s'apprêtent à quitter la zone des arrivées.

Le garçon sent son cœur se serrer comme une éponge. Il ne parvient pas à croire ce que ses yeux voient pourtant avec netteté.

— C'est pas possible, j'hallucine ! Chandra, toi aussi tu vois mon père ?

— Oui, c'est bien lui.

— Je croyais qu'il était en Malaisie ! J'espère qu'il ne vient pas me chercher.

Rien dans l'attitude du médecin ne laisse présager de la colère, mais on peut deviner une ferme détermination.

— Chandra, tu me soutiendras, hein ?

— Toujours, dit-elle. Mais, pour cette fois, tu dois faire front tout seul.

Une fois franchi le contrôle douanier, les jeunes gens sont accueillis par deux adultes, membres du consulat britannique, délégués pour les prendre en charge. Chandra glisse à l'un d'eux quelques mots en anglais. L'homme acquiesce et s'empare du sac de voyage de Jason, puis lui dit :

« *We'll wait for you at the parking. Don't worry.* »

Jason se retrouve donc seul, planté dans ce hall d'aéroport comme si ses jambes refusaient de lui obéir. Son père vient à sa rencontre, les sourcils froncés de manière inquiétante, mais avec une envie de sourire évidente.

— Bonjour papa, le salue Jason.

— Bandit ! lui lance Jack, mais sans élever la voix. Si tu savais le mensonge que j'ai dû raconter à mes confrères chercheurs pour pouvoir les abandonner en pleine jungle… Je ne sais pas ce qui me retient…

Il enlace à pleins bras son fils qui pousse un soupir de soulagement.

— Merci, papa, j'ai tellement besoin de toi, confesse-t-il, la gorge serrée.

Au fond du hall, avant de franchir les portes vitrées, Chandra jette un œil par-dessus son épaule. Le père et le fils se retrouvent dans une belle complicité. Elle sort de l'aéroport rayonnante.

21

Elle attend

Trois jours plus tard, la frégate de la Royal Navy arrive sur la zone où, théoriquement, la baleine bleue a été repérée. Théoriquement, car cela fait deux heures qu'elle a disparu des écrans radar.

— Elle a sûrement sondé, explique le commandant Orson Twain, à la tête du vaisseau de guerre.

— Espérons, soupire Jason.

Depuis le départ des Bermudes, il ne parvient pas à se défaire de l'obsession lancinante d'avoir provoqué une mobilisation considérable pour rien. Il a expliqué tout à l'heure à Ravi : « C'est comme si j'avais invité toutes les caméras du monde à venir assister à l'atterrissage d'un vaisseau extraterrestre. » « Peut-être exagérez-vous un peu… », a répliqué le jeune conseiller diplomatique, ce à quoi Jason a rétorqué : « Enlevons *extraterrestre* et mettons *fantôme écossais* à la place. » Ravi a grimacé un sourire poli. Leur relation ne s'est pas vraiment dégradée, mais elle ne s'est pas non plus franchement décoincée. En fait, pense Jason, il suffirait qu'il surprenne entre Chandra et lui un soupçon de regard tendre pour que tout bascule… ce qui est loin d'arriver : elle lui parle plus que jamais comme à un simple camarade de lycée.

Jack, Chandra et les deux rivaux virtuels se tiennent à l'avant du navire, le visage offert au vent dans l'attente impatiente de bonnes nouvelles. En vérité, ce n'est pas tant la disparition possible du rorqual qui inquiète Jason, que ce qu'il pourrait ressortir d'une rencontre avec lui. Attentive aux tourments de son ami, la jeune fille pose sur son bras une main dont la douceur le fait frissonner.

— Elle va reparaître, j'en suis sûre, tente-t-elle de le rassurer.

— Je sais, dit-il, mais j'ai peur quand même.

Il la dévisage, admirant sa longue chevelure noire qui ondoie dans la brise. La tentation est grande d'y plonger ses doigts, puis d'attirer doucement à lui cette jeune beauté et de poser un baiser sur ses lèvres… L'appel d'un matelot à un autre le tire brutalement de son rêve éveillé. Il se retourne et voit approcher le commandant de la frégate qui tient à la main le dernier bulletin météo.

— Un gros grain s'annonce, explique-t-il à ses hôtes. Nous ne pourrons pas rester très longtemps.

— C'est-à-dire ? demande Jason.

— Vingt-quatre heures, pas davantage.

— Alors, il ne reste plus qu'à prier Neptune de nous envoyer vite sa messagère, lance Jack avec un détachement feint.

En réalité, il est aussi impatient que son fils et anxieux de voir s'achever cette expédition.

— Cela n'empêche peut-être pas que nous fassions une petite plongée, suggère Ravi. Je n'ai jamais mis la tête sous l'eau avec un tel équipement.

Il désigne près d'une tourelle à deux canons un portant sur lequel sont suspendues cinq combinaisons grises.

— Il vous faudra attendre un peu, explique Jack, car ce type d'équipement demande un minimum d'apprentissage.

— Ah, en ce cas ce sera pour une autre fois, dit le jeune assistant, déçu. Et toi, Chandra, tu sais plonger avec ce genre de combinaisons ?

— Oui, j'ai appris, répond simplement la jeune fille.

Ravi se crispe légèrement, pincé dans son orgueil.

★★★

Un marin interpelle tout à coup le commandant depuis la passerelle :

— *Sir !* Nous avons un écho !

Chandra et Jason échangent un regard et une même pensée : *c'est le moment de vérité !* Tout le monde se hâte de gagner le poste de commandement. Sur l'écran du radar, la baleine bleue a effectivement reparu.

— C'est étrange, on dirait qu'elle ne bouge pas, remarque Ravi.

– Exact, confirme Orson Twain. Je suppose qu'elle se repose de sa plongée. Mes amis, c'est le moment ou jamais de l'approcher.

– Est-elle loin ? demande Chandra.

– Nous avons bien fait de l'attendre ici, répond le commandant. Je crois que, même sans jumelles, en regardant vers l'est, nous devrions apercevoir son souffle.

– Si près ? s'étonne Jack.

– Oui. Allez vite vous préparer, je fais mettre la vedette rapide à l'eau.

Jason prend une profonde inspiration. Comme à l'instant de passer un examen important, il n'est plus sûr de lui ni de rien. Il n'y a que l'angoisse et une affreuse sensation de vide dans sa tête. Son calme et son mutisme durant sa préparation sur le pont impressionnent singulièrement Ravi, qui se sent de plus en plus *largué* dans cette aventure.

Chandra est tendue, bien sûr, mais surtout formidablement heureuse d'être présente. Outre la jeune fille et Jack, deux plongeurs de la Royal Navy accompagneront Jason, prêts à intervenir en cas de besoin, par exemple avec leur bâton électrique pour repousser d'éventuels requins trop curieux.

Une fois les combinaisons enfilées, les cinq plongeurs descendent par une échelle de coupée dans la vedette qui joue au yoyo le long de la coque de la frégate.

— C'est pas aussi calme qu'en août, fait remarquer anxieusement Jason.

— J'espère que vous ne craignez pas le mal de mer, déclare Jeff, l'un des deux plongeurs militaires, car dans deux heures, ça va se creuser méchamment.

— Sous l'eau, non, répond Jack. Mais j'espère bien que, dans deux heures, nous serons revenus, et attablés devant un bon cocktail hawaïen.

Un dernier salut à Ravi resté sur le navire, et c'est le départ.

★★★

L'approche du plus grand mammifère de l'histoire de la Terre se fait sans une parole, l'attention fixée sur le geyser de vapeur d'eau qui, à intervalles réguliers, s'élève dix mètres au-dessus des vagues.

« On croirait vraiment qu'elle nous attend » finit par déclarer Jeff.

Bien qu'ils ne puissent que deviner son corps qui affleure à la surface, ils prennent conscience de son gigantisme. D'après les indications données par le radar de la frégate, elle mesure vingt-neuf mètres pour un poids de cent vingt tonnes.

Le pilote de la petite vedette rapide coupe le moteur. L'embarcation poursuit sur sa lancée pendant quelques mètres, puis s'immobilise. Un impressionnant silence enveloppe alors le groupe, seulement troublé toutes les trente secondes par le souffle bref et puissant de la baleine.

« Récapitulons, dit Jack. Nous resterons groupés jusqu'à environ une vingtaine de mètres de la baleine. Ensuite, Jason, tu pourras l'approcher, si elle le veut bien, mais pas trop ! Nous sommes bien d'accord ? (L'adolescent approuve d'un hochement de tête.) S'il ne se passe rien de particulier dans la demi-heure, ou si elle plonge ou s'éloigne, alors tant pis, nous n'aurons plus qu'à rentrer. »

Il prend alors une profonde inspiration avant de déclarer, comme pour libérer un peu de tension :

« Quoi qu'il advienne avec cette baleine, je ne regretterai pas le voyage, ne serait-ce que parce que j'aurai pu faire votre connaissance, Chandra. »

La jeune fille est pour sa part trop émue pour articuler un propos. Elle adresse un bref sourire de remerciement à Jack.

22

À la rencontre de la grande solitaire

Les cinq plongeurs ajustent leur visage de plongée et activent le système de ventilation. Ensuite, un par un pour ne pas risquer d'effrayer le mastodonte, ils glissent dans l'eau.

« Essai radio, lance Jack. Tout le monde m'entend ? »

Quatre pouces se lèvent pour acquiescer.

« Alors c'est parti ! »

Battant lentement des palmes, ils progressent à quelques mètres sous la surface vers la silhouette sombre de la baleine bleue. Elle n'a toujours pas bougé, comme si elle sommeillait. Jason se demande d'ailleurs si ce n'est pas le cas. Il a lu que les dauphins avaient la faculté de mettre en sommeil alternativement les deux moitiés de leur cerveau, prêts à réagir à la moindre menace. C'est peut-être aussi le cas pour elle. Que se passera-t-il lorsque cette géante se rendra compte qu'un banc de curieux nage vers elle ? Logiquement, sans s'affoler, en trois battements de queue, elle aura disparu. À moins qu'elle ne sonde à nouveau jusqu'à disparaître dans la nuit abyssale.

La voix de Jack résonne tout à coup dans le casque de l'adolescent.

– C'est bon, arrêtons-nous. Jason ?

– Oui, papa ?

– Tu peux avancer, jusqu'à dix mètres, pas plus.

Sans un mot, le garçon se détache du groupe, puis s'immobilise à la distance convenue. Bras et jambes écartés, telle une grenouille dans une mare, il attend, avec le désagréable sentiment d'être une ablette venue titiller une carpe énorme. Durant de longues minutes, rien ne se passe, renforçant la conviction des uns et des autres que l'aventure va s'achever bientôt sans le moindre résultat. Enfin, la baleine bleue manifeste des signes de réveil. Jason entend distinctement une sorte de gazouillis, suivi d'un vague grondement. Il sait que cette race de baleine ne produit pas les mêmes chants mélodieux, audibles à l'oreille humaine, que les baleines à bosse. Elle émet des infrasons, parfois des sifflements, qui peuvent être perçus par ses congénères à des centaines de kilomètres à la ronde. Sans doute intriguée par ces visiteurs insolites, elle manœuvre de manière à mieux les observer. Jason fixe son attention sur l'œil de la Grande Dame, mais il doit bien admettre qu'il n'y lit pas grand-chose. La masse énorme du cétacé s'enfonce d'une dizaine de mètres, puis passe lentement sous les plongeurs.

— Elle nous examine, commente Jack.

— Je n'ai jamais vécu quelque chose d'aussi émouvant, déclare Chandra. Jason, je comprends maintenant ce que tu as ressenti la première fois.

Tout à sa propre fascination, Jason se tait. Une pensée lui traverse tout à coup l'esprit : *quand sa curiosité sera satisfaite, elle partira !* Car il est évident qu'elle ne s'intéresse pas davantage à lui qu'aux autres plongeurs. Il se remémore sa rencontre précédente, lorsque les baleines à bosse l'ont entraîné vers le fond, jusqu'au palier des soixante mètres. Peut-être, se dit-il, lui faut-il à nouveau descendre à cette profondeur ?

En tout cas, il ne peut pas partir sans avoir essayé, si son père veut bien le laisser faire…

— Papa ?

— Oui, Jason ?

— Je vais avoir besoin que tu me fasses confiance.

— Oh, tu m'inquiètes.

— T'as pas tort, parce que ce que je vais te dire ne va pas te plaire.

— Dis toujours.

— Il faut que je descende un peu…

— Un peu comment ?

Jason hésite, mais il sait que face à un père expert en négociation avec tous les politiciens, chefs, dictateurs et diplomates de la terre, mieux vaut jouer carte sur table.

— Disons, soixante.

— Non ! C'est clair, c'est net, c'est non !

— Papa…

— Ça n'est pas négociable, Jason.

— Jack a raison, intervient Chandra. Tu ne dois pas prendre de tels risques.

— Je comprends bien votre inquiétude, admet Jason avec sincérité. N'empêche, il faut me laisser faire. Je sais que c'est la seule solution pour que je puisse entrer en contact avec la baleine. L'ivresse des profondeurs me fera un peu déconnecter, comme la transe médiumnique. Si tu m'empêches d'y aller, on peut rentrer tout de suite, c'est fichu.

— Bonne idée. On rentre, lance Jack.

Un silence s'instaure durant lequel tous regardent passer une nouvelle fois le paisible rorqual.

— Papa, j'ai une idée ! Lorsque, cet été, les baleines à bosse m'ont entraîné vers le fond, nous n'étions que tous les deux et elles t'ont laissé tranquille. Tu m'as retrouvé et tu m'as remonté en respectant les paliers de décompression. J'en suis revenu sans dégât parce que ça ne pouvait pas se passer autrement, d'accord ?

— Et alors ?

— Alors, viens avec moi. Chandra, Jeff et Erik attendront, disons… trente minutes. Au bout de trente minutes, Jeff et Erik viendront nous chercher. Avec les lumières de nos combinaisons, ils n'auront aucun mal à nous retrouver. Ce sont des plongeurs professionnels, ils sauront nous ramener en surface, quel que soit notre état.

Un silence d'hésitation lui répond.

— Papa ?

— Je réfléchis. Qu'est-ce que vous en pensez, Jeff, Erik ? Et toi, Chandra ?

— *No problem for me*, répond Erik.

— *Okay!* acquiesce Jeff.

Mais Chandra ne se sent pas apte à donner un avis.

— Je ne peux rien vous dire, Jack. Je ne sais pas ce qu'il faut faire.

Le médecin n'est guère plus avancé. Il hésite à élever le ton car il connaît assez son fils pour savoir qu'il est capable de passer outre son autorité. Il lui pose malgré tout la question :

— Jason, si je refuse, que feras-tu ?

— J'irai quand même, tu le sais bien, répond le garçon du tac au tac.

À court d'argument, le père se sait vaincu. Quant à utiliser la force… Il se voit mal ramener au bateau son fils par une palme.

— Tu as gagné, bandit ! grogne-t-il. Prêt pour le grand plongeon ?

— Prêt, papa !

— Trente minutes, les amis, pas une de plus ! lance Jack à leurs compagnons.

★★★

Bien qu'il bénéficie de la présence rassurante de son père, Jason éprouve une oppression grandissante, à mesure qu'ils s'enfoncent dans les ténèbres. Lors de son premier *voyage* dans les abysses, il n'avait pas eu le temps de réaliser ce qui lui arrivait. La frayeur des premières minutes, quand les baleines avaient commencé à le pousser, s'était rapidement dissipée, supplantée par la fascination et même l'euphorie de vivre une expérience unique. Aujourd'hui, tout est différent…

— Ça va ? demande Jack.

— Oui. Je grelotte un peu, mais c'est pas de froid.

— Si cette baleine n'a pas décidé de devenir carnivore, on ne devrait pas avoir grand-chose à craindre, tente de le rassurer son père.

— Ce n'est pas une peur rationnelle que j'éprouve. Ça me fait plutôt comme de la claustrophobie. J'ai une boule à l'estomac et un peu de peine à respirer.

— Veux-tu qu'on remonte ?

— Pas du tout ! Ça va passer.

Jack consulte sur son avant-bras droit l'écran lumineux qui affiche les indicateurs de contrôle de la plongée.

— Nous sommes à trente-deux mètres.

— Pour le moment, je n'éprouve aucune sensation d'ivresse.

— Ça va venir, ne t'inquiète pas.

— Tu vois la baleine ? demande Jason.

Son père cesse de battre des palmes pour se retourner vers le fabuleux ciel de lumière qu'est la surface de l'océan. Il distingue les trois silhouettes de leurs compagnons, rien d'autre.

— J'ai bien peur qu'elle ait pris le large.

L'adolescent éprouve un pincement de déception, mais refuse encore de croire qu'il n'y aura pas de rendez-vous.

— On continue, dit-il avec fermeté.

Jack ne se fait pour sa part aucune illusion ; il n'y aura pas de phénomène surnaturel, pas plus que de communication médiumnique. Il leur restera tout de même le souvenir d'une rencontre rare avec le mastodonte le plus placide de la création. S'il accepte de poursuivre cette descente, c'est qu'il ne veut pas que, dans les jours et les semaines qui viennent, son fils rumine un sentiment d'inachevé – sans parler d'un éventuel ressentiment à son encontre. La narcose des profondeurs n'est pas une épreuve anodine, mais le mélange gazeux qu'ils respirent leur assure un niveau de sécurité acceptable.

— Quarante mètres, annonce-t-il.

Bouche entrouverte, Jason a de plus en plus de mal à respirer, comme lors d'une crise d'asthme. *C'est bien le moment !* maugrée-t-il en pensée. Son cœur bat à une vitesse folle, tandis que la pression de l'eau s'accroît sur son corps. Il est maintenant persuadé qu'il est victime d'une attaque de panique, et il voit venir avec horreur le moment où il va être obligé d'avouer à son père qu'il ne peut plus continuer.

— Cinquante mètres, Jason. Ça devrait suffire, tu ne crois pas ? lui annonce celui-ci.

L'adolescent, dont le front est perlé de sueur froide, respire plusieurs fois à fond avant de lâcher un « non » aussi ferme que possible. Mais son père n'est pas dupe.

— Qu'est-ce qui se passe, Jason ? J'ai l'impression que tu es essoufflé.

— Un peu, mais je t'assure… c'est rien, ça va aller. On était d'accord pour aller à soixante mètres, on ira.

Finalement, c'est lui qui décide de stopper à cinquante-cinq mètres. Jack vient se placer devant lui pour l'examiner à travers le visage de plongée qu'éclaire sur le bord un filet de lumière verte.

— Je ne voudrais pas te faire peur, mais tu es tout vert, plaisante-t-il.

Jason essaie de sourire. Quelques secondes passent, puis il émet un rire un peu traînant.

— T'as pas meilleure mine, tu sais, réplique-t-il.

— Bon, elle est où, cette baleine ? s'impatiente Jack.

L'ivresse des profondeurs commence à exercer sur lui son effet euphorisant. Pour autant, son anxiété n'en est pas moins vive. Son fils commence à distinguer de légers scintillements lumineux devant ses yeux. Sa pensée n'est plus très claire et des images furtives lui traversent l'esprit.

Durant un temps, qu'ils ne sont plus capables d'évaluer, les deux plongeurs restent côte à côte, se tenant par la main. Puis Jason perçoit un sifflement bref, suivi d'un grondement un peu plus long. Il scrute l'obscurité… Une expression d'étonnement apparaît sur son visage à la vision d'une gigantesque Dame en noir.

— Papa, regarde !

— Je la vois, répond Jack, époustouflé.

La baleine passe majestueusement sous leurs palmes. Elle disparaît quelques minutes, puis revient mais seul Jack la suit du regard, ému aux larmes. Jason a, de son côté, fermé les yeux, sans même s'en rendre compte. Dans sa tête, il voit comme dans un rêve le visage d'une femme qui le fixe avec une expression de profonde détresse. Il tente de l'interroger, mais l'image disparaît, ne laissant dans son esprit qu'un parfum de tristesse. Il scrute longuement les espaces bleutés de son abîme intérieur que traversent des chants de baleines. Il devrait s'en trouver serein. Au contraire, un pressentiment de danger l'étreint. Il baisse le regard et aperçoit très loin au-delà de ses palmes, quelque chose qui se meut lentement, pareil à une méduse gigantesque et hostile. Ses bras se couvrent de chair de poule tandis que son sang reflue de son visage. La panique s'empare de lui, mais ses membres ankylosés refusent de lui obéir. Il appelle son père à son secours, en vain. Et son épouvante s'accroît encore.

Après un temps qu'il ne peut évaluer, comme s'il avait perdu connaissance, de nouvelles sensations parviennent à son cerveau : une pression s'exerce au niveau de son bras gauche, comme si on le lui serrait avec vigueur. C'est un requin qui vient de le lui happer. Il pousse un cri, tente de se débattre, mais le prédateur ne lâche pas prise. Il l'entraîne lentement vers la surface qui apparaît comme un ciel d'azur.

23

Un combat perdu d'avance ?

La voix de Chandra, douce et musicale, résonne dans un espace bleuté.

« Jason ? Jason ? »

Il ouvre les yeux, comme s'il sortait d'un mauvais rêve. C'est une vision de paradis qui l'accueille : le visage de la jeune fille surplombe le sien, tout près, si près qu'il s'attend à ce qu'elle l'embrasse. Hélas, trois fois hélas ! au lieu de déposer sur sa bouche un baiser langoureux, les lèvres de Chandra sourient.

— Il revient à lui. Vous voyez, Jack, ça n'a pas été très long.

Jason cligne plusieurs fois dcs yeux, puis essaie de se redresser, des mains le soutiennent.

— Je suis où ? demande-t-il.

— Sur la frégate de Sa Très Gracieuse Majesté, dans ta cabine précisément, répond Chandra. Ton père est là, Ravi… presque tout le monde en fait.

— C'est déjà fini ? s'étonne l'adolescent.

— Tu es resté inconscient deux bonnes heures, explique Jack. Avec la remontée, ça fait trois.

— Et pour toi, papa, tout va bien ?

— Je n'ai pas perdu connaissance. La baleine a tourné autour de nous un bon moment, puis elle est partie… sans rien dire… à moi, en tout cas.

— Vous a-t-elle communiqué quelque chose ? demande Ravi au garçon.

Jason se tait, essayant de faire remonter à sa conscience un maximum de souvenirs de cette plongée en eau profonde. Il serait tenté de donner tout de suite le compte rendu des quelques visions qui lui restent en mémoire, et surtout de la sourde angoisse qui l'habite, mais il se sent si las.

– Il faudrait que je me repose un peu. Juste un petit somme.

– Bien sûr. Allez, tout le monde dehors ! lance Jack.

Avant de sortir à son tour, il se penche sur son fils pour l'embrasser.

– Merci, Jason, lui glisse-t-il à l'oreille. Grâce à toi, j'ai vécu une des plus belles expériences de ma vie.

★★★

Peut-être aiguillonné par la faim, l'adolescent se réveille juste à l'heure du dîner. Celui-ci se déroule dans une salle réservée aux officiers du restaurant self-service. Avant même qu'il attaque la soupe de poisson qui trône sur son plateau, entre un steak d'espadon et un dessert à la crème anglaise, Jason est interrogé par son père qui est aussi impatient d'entendre le rapport de son fils que de s'assurer que tout fonctionne bien dans son cerveau.

– Alors, qu'as-tu à nous dire après cette entrevue sous-marine ?

Le jeune homme le dévisage avec une expression volontairement impassible, puis il a un bref rire silencieux. Il baisse les yeux sur son potage qu'il tourne lentement avec sa cuillère.

— Ce n'était pas une *entrevue*. J'ai juste eu le temps de partager un peu de son inquiétude. Tu peux comprendre ça ? (Jack aimerait, mais visiblement il a besoin d'en savoir davantage.) D'ailleurs, reprend Jason, c'était plus que de l'inquiétude. Elle avait peur, comme si les abysses sécrétaient un monstre capable de la dévorer, elle et toutes les baleines de la planète.

— Est-ce que ce serait un monstre de même nature que celui qui a englouti le Britania 7 ? demande Ravi.

Le garçon laisse planer un court silence avant de lâcher :

— Oui.

— De l'hydrate de méthane ? suggère Jack.

— Les baleines ne savent évidemment pas nommer ce qui les menace, mais elles sentent clairement que si elle remonte des profondeurs, cette chose…

Il fixe son père droit dans les yeux, puis lâche :

— … ça sera la fin du monde.

Ravi ne peut retenir un sourire sardonique qui n'échappe pas à l'adolescent… ni aux autres, qui dévisagent le jeune assistant avec une telle sévérité que son arrogance un brin aristocratique se liquéfie comme cire sur le feu. Jason conclut gravement :

– En tout cas, ce sera un détonateur qui provoquera des catastrophes en chaîne comme on n'a pas idée. C'est tout ce que je peux dire.

– Cela signifierait, intervient Orson Twain, qu'à partir de votre… disons *intuition* – ne le prenez pas mal, Jason, mais c'est le seul mot qui me vient –, il faudrait déclencher une alerte mondiale contre ce monstre des profondeurs supposé être une grosse quantité de méthane ?

– Je n'y ai pas réfléchi, mais je suppose que oui.

Le commandant hoche la tête sans cacher sa perplexité. Chandra, qui l'observe avec attention, sait que cette attitude est bien représentative de ce que pensent les plus hauts responsables, au moins militaires, de la planète. Pour eux comme pour lui, dans le commandement de son vaisseau, *prudence* est le maître-mot. Quant aux politiques, ils vont poser des questions, réfléchir, calculer, consulter, créer des commissions, demander des rapports d'expertise, envisager toutes les hypothèses… et, pour finir, décider de ne rien décider à la légère.

C'est ce point de vue qu'elle fait partager un peu plus tard dans la soirée, en aparté, à Jack, Jason et, bien sûr, Ravi qui n'ouvre plus guère la bouche. Ils se sont réunis dans un salon de détente, assis confortablement dans des fauteuils disposés en cercle.

— Ce que tu es en train de nous dire, Chandra, résume Jason, c'est que, du côté de la Grande-Bretagne, nous n'avons aucun appui officiel à espérer ?

— Cela m'étonnerait, admet-elle.

— Je confirme, intervient Ravi. Il faut bien comprendre comment fonctionne notre gouvernement, comme d'ailleurs ceux des autres pays, explique-t-il d'une voix posée. Nous n'agissons jamais de manière impulsive. Nous ne mobilisons jamais les médias sans une stratégie mûrement réfléchie et, surtout, nous ne nous positionnons jamais sans des preuves et des faits tangibles sur lesquels nous appuyer. Notre politique en matière d'environnement consiste à être connus et reconnus comme une force incontournable, experte et modérée, mais d'une grande détermination. Ça ne veut pas dire que les pressions que nous exerçons ne sont pas à la hauteur des défis que nous lancent les méfaits de la modernité…

Jason l'interrompt avec un geste de découragement. Il a le plus grand mal à dissimuler sa déception.

– C'est bon, j'ai compris, lâche-t-il.

Il commence déjà à envisager son combat perdu d'avance. Certes, il ne s'attend pas à ce que les nations décrètent l'état de catastrophe imminente. Mais cette modération des instances internationales lui cause une déconvenue qui le fait tomber de haut. Son père, qui lit dans son esprit comme dans un livre ouvert, tente de lui présenter les choses sous un autre angle.

– Dans ce genre d'affaire, la passion ne doit pas l'emporter sur l'intelligence, sinon c'est l'échec assuré. Et je sais de quoi je parle, crois-moi. Tu penses… je veux dire, tu *sais* qu'un grave danger menace la planète, tu veux le faire savoir assez vigoureusement pour que les gouvernements se mobilisent et œuvrent à la sauvegarde du monde. Soit. Mais je te le dis tout de suite : seul, en t'agitant comme un écervelé, en criant et en tapant du pied, tu ne parviendras qu'à être la risée de ce monde que tu veux sauver. Alors laisse agir les diplomates… et ton père, puisque je veux bien m'engager dans ce combat, avec mes propres méthodes.

Les pommettes du *héros des abysses* commencent à s'empourprer de colère. Il sait que son père a raison, mais c'est plus fort que lui, il criera, tapera du pied et sera la risée des imbéciles.

— Et combien de temps ça prendra ? lance-t-il, presque avec agressivité.

— Le temps qu'il faudra.

L'adolescent échange un regard avec Chandra. *Ton père a raison, tu vas te faire laminer*, semble-t-elle lui dire. Pourtant, il lui adresse un sourire complice qui signifie aussi : *Je n'ai pas dit mon dernier mot, et nous serons ensemble pour le crier sur les toits.*

24

Une fin tragique

Avant d'aller se coucher, Jason propose à Chandra de se rendre au poste de commandement. La mer se creuse à mesure que le vent d'ouest se renforce, et il aimerait bien savoir ce que leur réserve la nuit.

— C'est la période des cyclones, confirme son amie, et je crois bien qu'on va justement en traverser un gros.

— Sur ce vaisseau, je ne crains rien, pas même les colères de Neptune.

— Moi, si, confie la jeune fille en s'accrochant brièvement au bras de son compagnon au moment de sortir sur le pont.

Le roulis les oblige à tituber.

Alors qu'ils viennent de prendre pied sur le pont supérieur plongé dans l'obscurité et battu par les vents, un brusque mouvement de houle les déséquilibre. La jeune fille est bousculée contre le jeune homme qui referme ses bras sur elle.

— Pardon, je… bredouille-t-elle, confuse.

— Heureusement que j'étais là.

Chandra acquiesce avec le sourire.

— Il vaut mieux qu'on se donne la main, propose Jason, non sans une petite arrière-pensée.

La jeune Anglaise ne répond pas, mais s'empresse d'obtempérer. Ils traversent ainsi les coursives, zigzaguant au gré des oscillations du bateau et riant sans retenue de leur démarche maladroite, le cœur emballé. Ils aimeraient bien voir ce moment d'intense émotion s'éterniser. Malheureusement, une fois dans le poste de commandement, ils doivent se lâcher la main… provisoirement, car il y a le retour, songent-ils tous les deux.

— Bonsoir, commandant, qu'est-ce que nous réserve la météo pour cette nuit ? demande Jason.

Le commandant de bord se retourne et adresse un sourire amical à ses jeunes hôtes.

— Pas terrible. Nous allons traverser une tempête de force 2, ce qui signifie qu'il va falloir ranger les assiettes et les verres, et s'accrocher au bord du lit.

— Jusqu'à quand, commandant ?

— Quarante-huit heures, pas plus.

— Vous n'avez pas d'informations concernant la baleine bleue ?

— Aux dernières nouvelles, elle remontait vers le nord. Nous pouvons le vérifier, si vous voulez.

L'officier se tourne vers l'un de ses écrans de contrôle. Après avoir tapé quelques instructions sur un clavier lumineux, il fait apparaître une carte à fond azur sur laquelle figure à gauche une ligne brisée figurant la côte de Floride.

— Nous utilisons le nouveau radar protonique, explique-t-il. Son rayon de portée est le double de celui d'un radar classique et, surtout…

Il s'interrompt, puis reprend :

— Tiens, on dirait que notre Grande Dame est suivie par une copine.

Il désigne de l'indcx un minuscule losange prolongé d'une flèche qui indique la direction de son déplacement. En dessous – en réalité à quelques dizaines de miles derrière –, progresse un autre losange, plus petit mais plus rapide. Jason est alors saisi d'un mauvais pressentiment que partage Chandra.

— Êtes-vous sûr que c'est une baleine, *Sir* ? demande la jeune fille.

— Sûr, non... Mais nous pouvons le vérifier en demandant au radar d'évaluer la dureté de la cible.

Quelques secondes plus tard, en fonction des informations techniques qui s'affichent sur son ordinateur de bord, le commandant rend sa conclusion :

— Effectivement, c'est un bateau.

La même idée affreuse surgit à l'esprit des deux jeunes gens.

— Il progresse bien trop rapidement par un temps pareil, constate le commandant soudain préoccupé. Ce n'est pas normal. On pourrait croire qu'il est lancé à la poursuite de... *Oh, my God !*

Il regarde les deux amis.

— C'est un braconnier ? demande Jason, livide.

— Ça y ressemble, répond l'officier.

— À quelle distance ? Peut-on le rattraper ? demande Chandra.

— Non. Même avec une mer d'huile et en poussant les turbines à fond, nous arriverions trop tard.

La consternation étreint tous les marins présents sur la passerelle.

— Et en hélicoptère, ce serait jouable ? demande Jason.

— Avec une tempête comme celle-là, non, répond le commandant.

— Ne me dites pas qu'on ne peut rien faire ? s'épouvante Jason d'une voix blanche.

— Je vais lancer des appels par radiosatellite. Hélas, la seule chose qu'on puisse espérer, c'est les arrêter… après. Je suis désolé.

De rage et de chagrin, Jason frappe le sol du pied, puis quitte la salle de pilotage en hurlant des insultes à l'adresse des assassins de la mer.

★★
★

À une centainc de miles de la frégate anglaise, le capitaine du baleinier braconnier Arigato Isshou affiche un air satisfait. Un moment, il a craint que le navire détecté par son radar protonique ne se déroute dans sa direction. Cela aurait signifié que son bâtiment avait été repéré. Il aurait peut-être alors été contraint de renoncer à la plus grosse capture de cette campagne qui, pour l'heure, s'est soldée par un maigre butin : un rorqual de taille minable, une orque et quelques dauphins. Il se frotte les mains d'excitation. La grosse baleine bleue n'est plus qu'à douze miles du harpon qui la terrassera, soit une heure, peut-être un peu plus en raison du mauvais temps. Ce dernier, loin d'être un inconvénient, est au contraire une bénédiction. Pas de risque d'être vu par les satellites, hormis ceux de l'armée qui savent *renifler* à travers les nuages. Mais les militaires se fichent du sort des baleines comme de leur première chemise.

Un matelot en ciré rouge, ruisselant d'eau de mer, surgit dans le poste de commandement. Il s'incline brièvement devant son chef, puis annonce en japonais que le harpon est armé et prêt à être levé sur le pont. Le capitaine émet une onomatopée en guise de remerciement. Le chef harponneur sorti, il se concentre à nouveau sur ses instruments de bord. À la proue du bateau, les vagues explosent littéralement contre l'étrave, projetant par-dessus le bastingage des paquets d'eau écumante qui s'écoulent aussitôt par les trous d'évacuation. Le braconnier songe que, lorsque la bête sera harponnée et paralysée par une tête explosive à ultrasons qui détruira son système nerveux, ils auront un sacré défi à relever car, jamais, ils n'ont eu à traiter une telle masse de viande : vingt-neuf mètres, cent vingt tonnes ! Il repasse dans sa tête les manœuvres qu'exécutera tout à l'heure son équipage : planter les crocs d'amarrage dans le gras du dos, tirer l'animal agonisant contre le flanc du bateau, puis l'achever d'une décharge d'ultrasons super puissants dans le cerveau. Ensuite, le faire glisser jusqu'à l'arrière et, pour finir, le hisser sur le pont mobile qui le descendra en douceur dans la cale de dépeçage… C'est comme un film cent fois revu avec le même plaisir. Puis, moment sacré, ce sera le saké pour tout le monde.

S'il savait qu'en cet instant même, un homme a l'œil sur lui…

★★★

Dans le centre d'observation de la base navale de Key West, assis près d'un officier de quart, le colonel

O'Neal suit avec attention, sur un écran à fond noir, le lent déplacement d'un grain de riz rouge lancé à la poursuite d'un autre grain de riz, bleu celui-là. Cela fait plusieurs heures que le lieutenant Moore a averti son chef que la grosse baleine, après être restée de longues heures à proximité d'une frégate militaire anglaise, a été prise en chasse par un « curieux poisson », selon son expression. Les analyseurs informatiques des satellites renifleurs de l'armée américaine avaient d'abord identifié une baleine à bosse. Heureusement, dans le rapport était signalée une anomalie magnétique concernant ce présumé rorqual. Le colonel avait alors ordonné qu'on procède à une observation plus fine de l'écho. Le résultat en fut singulièrement modifié : le second objet était un bateau équipé d'un système de camouflage magnétique. En d'autres termes, c'était un braconnier. Au lieu de rentrer tranquillement chez lui, le commandant de la base a choisi de suivre l'événement en direct, avec au ventre une rage sourde.

⁂

Le Japonais n'est pas assez naïf pour croire qu'il ne se fera jamais prendre. Mais la condamnation qu'il encourt, quelques centaines de milliers de dollars qu'il ne paiera jamais, plus quelques mois de prison qu'il ne fera jamais, l'effraie autant qu'une crevette dans un bocal. Son ami Hoyoshi, qui s'est fait arrêter l'an passé, s'est vu confisquer son bateau, lequel a été revendu deux mois plus tard pour une bouchée de pain… à son fils ! Le braconnier éclate de rire à cette pensée. Dehors, la tempête rugit mais il n'en a cure, et lui aussi rugit, de jubilation.

Enfin, le radar émet un avertissement pour signaler que la cible est à portée de tir. Le capitaine hurle des ordres au micro de sa console de pilotage. Peu après, il observe les six silhouettes encapuchonnées de son équipe de harponneurs trottiner vers l'avant du bateau. À la lumière de puissants projecteurs, ces hommes font monter du pont inférieur, à travers une trappe, un canon duquel dépasse une flèche cruciforme. Pour diriger la manœuvre, le chef d'équipe dispose d'un casque spécial, dont la visière en verre polymérisé affiche toutes les images et les indications chiffrées dont il a besoin. Les cinq hommes de son groupe viennent se positionner en ligne, épaule contre épaule, face à la proue, se tenant à deux mains à des montants métalliques fixés derrière le canon. Tels des piliers d'acier, ils encaissent sans broncher les paquets d'eau glacée que leur projette la tempête.

Tendu à l'extrême, le capitaine fixe sur son écran la représentation tridimensionnelle de la baleine bleue. Encore une minute, une toute petite minute, et des millions de yens entreront dans son escarcelle ! Il s'en pourlèche déjà les babines, tel un prédateur affamé… Quand, soudain, une voix retentit dans le poste, prenant possession de la radio comme s'il s'agissait d'un appel prioritaire de la marine internationale.

> « Arigato Isshou, ici le colonel O'Neal de la base américaine de Key West, répondez ! »

Le braconnier reste interloqué quelques secondes, puis décide de garder le silence.

> « Arigato Isshou, placez-vous en fréquence internationale et répondez. À vous ! »

Le capitaine est contrarié, sans plus. Une plume tombe sur le gâteau de sa fête ; il la balaie d'un souffle. Il prend tout de même le temps de réfléchir avant d'agir. Il connaît la base de Key West située en Floride, cette langue de terre à huit ou neuf cents kilomètres d'ici. Il sourit. Autant dire que les appels de ce colonel américain ne sont que bourdonnement de mouches à ses oreilles. Et pour s'en débarrasser, il n'a qu'un bouton à presser.

« *Good bye*, Colonel ! » lance-t-il.

Un interrupteur basculé met fin à la communication.

★★★

À Key West, James O'Neal pousse un juron.

— Le salaud ! Il a enclenché la cloche anti-ondes !

— Je peux la forcer, déclare le lieutenant Moore à côté de lui.

Un étrange sourire apparaît sur le visage de son supérieur.

— Non. Je m'attendais à ce qu'il réagisse ainsi.

Il marque un long silence, puis lâche :

— Tant pis pour lui.

★★★

C'est bon ! Le gibier n'a plus aucune chance d'échapper à son destin. Une petite prière traditionnelle pour lui demander pardon, puis le braconnier japonais donnera l'ordre de tir… Un monstrueux grondement fait soudain vibrer les vitres de la passerelle. À la proue, les harponneurs, toujours plantés côte à côte au garde-à-vous, lèvent la tête. *Qu'est-ce que c'était?* s'interrogent-ils. On aurait dit un dragon rugissant qui serait passé au-dessus de leur tête. Mais personne n'a rien vu et, plus étrange encore, le radar n'a signalé aucun écho. Ce n'est donc pas un avion. Leur chef aperçoit à bâbord, surgissant du ciel d'encre de la tempête, une étoile filante. Les harponneurs la repèrent à leur tour. Réalisant tout à coup de quoi il s'agit, ils quittent leur poste précipitamment. L'instant suivant, le canon du harpon est pulvérisé par une boule de feu. Plusieurs hommes, moins prompts que les autres, sont projetés à la mer. À quelques mètres de l'étrave, la baleine bleue reçoit des débris sur le dos. Son énorme queue s'élève au-dessus de l'écume, puis disparaît. Dans la passerelle, le capitaine entre en furie. Comprenant que c'est un avion de combat furtif qui vient de l'attaquer, il ordonne que soit armé l'unique missile sol-air de son arsenal – un modèle de dernière génération qui possède un système de capture radar couplé à un laser, auquel même un avion furtif ne peut échapper. Il suffit qu'il se trouve assez près.

★★★

À Key West, le colonel O'Neal reçoit quelques minutes plus tard une communication du pilote de l'avion furtif de type Spectre, qu'il avait envoyé sur la zone dès la détection du braconnier.

— Mon Colonel, le harpon a été détruit. Mais mes instruments m'indiquent que l'ennemi possède un missile Crushing.

— Un missile Crushing ! s'exclame l'officier supérieur. Vous rigolez ?

— J'aimerais bien mais, d'après mes instruments, il n'y a aucun doute. Et il vient de m'accrocher ! Soit je quitte le secteur, soit j'attaque. Qu'est-ce que je fais, Mon Colonel ?

La réflexion de James O'Neal ne dure pas trois secondes.

— Vous êtes en situation de légitime défense : coulez ce salaud !

— Bien reçu. Missiles armés !

Peu après, une énorme boule de feu illumine la surface de l'océan. Puis les ténèbres retombent tranquillement. Le prédateur Arigato Isshou aura disparu sans laisser de trace… dans le légendaire Triangle des Bermudes.

25

Un début d'agitation médiatique

Dès le lendemain, malgré la tempête qui le rend malade comme un chien, Jason se lance dans la réalisation de son plan d'*alerte planétaire*. Il le met au point avec Ahmed par échange de vidéomails sur son appareil mobile, puis le peaufine tout au long du voyage de retour. Jack n'est pas mis dans la confidence, d'autant que, sitôt la météo apaisée, il se fait transporter par l'hélicoptère de la frégate jusqu'à l'aéroport le plus proche et, de là, s'envole vers la Malaisie. Chandra, en revanche, peut suivre chacun de leurs conciliabules, souvent enfiévrés, qui se déroulent dans la cabine de Jason ou sur le pont, en tout cas aussi loin que possible d'éventuelles oreilles indiscrètes. D'abord, la jeune fille se contente d'observer, sans jamais prendre part à leurs entretiens. « Je ne veux pas intervenir, n'insistez pas », finit-elle par déclarer pour qu'ils cessent de lui demander son avis. Elle explique ensuite : « Je ne crois pas que vous agissiez avec raison. Pour être franche, ce que vous préparez m'inquiète. C'est comme si vous vous apprêtiez à allumer une mèche, sans savoir ce qu'il y a au bout. Pour ma part, je resterai donc sur ma réserve, mais j'apprécie que vous me fassiez confiance. Je ne vous trahirai pas, même auprès de Jack qui, soit dit en passant, se doute de quelque chose. Ne le laissez pas trop longtemps dans l'ignorance, ce serait injuste et très désobligeant. » Jason avoue qu'il n'a pas l'intention de tenir trop longtemps son père à l'écart, mais il se réserve tout de même un délai d'une journée, après le début des opérations, avant de l'informer.

★★★

Une semaine plus tard, alors que Chandra reprend ses cours au lycée Victoria de Londres, Jason retrouve son complice Ahmed à Paris. C'est un mardi, ce qui leur laisse le mercredi pour préparer le retour du *héros des abysses* sur la scène médiatique.

La première phase du plan ne concerne qu'Ahmed : il se chargera de faire savoir tous azimuts qu'il est à nouveau arrivé une aventure extraordinaire à Jason Bastian. Lorsqu'il sera sollicité par les journalistes, ce dernier jouera la carte du *souhait de discrétion*, sans pour autant démentir quoi que ce soit de manière à laisser enfler les rumeurs. Le terrain ainsi préparé, le plan prévoit ensuite que Jason sera *obligé* de sortir de sa réserve pour rectifier ce qui devra l'être. Ainsi ne pourra-t-on pas l'accuser d'avoir ameuté les foules pour des raisons d'ego ou d'argent, et sa crédibilité en sera naturellement renforcée. La phase trois consiste pour le héros à profiter de ses interviews pour lancer une pétition mondiale sur le RNP. Ce mouvement d'opinion, s'il est assez puissant, devrait contraindre les Nations Unies à mobiliser des moyens exceptionnels pour l'étude du sous-sol marin au large des Bermudes. Et si cela ne suffit pas, Jason et son *équipe* appelleront à manifester dans les rues de toutes les villes du monde !

La première bataille sera remportée si les recherches démontraient qu'effectivement, une grave menace pèse sur l'avenir de la planète. Le plan *Alerte planétaire* s'arrête là, mais c'est déjà un sacré défi.

Ils passent la journée du mercredi dans la chambre de Jason à faire des listes, à peaufiner des messages, à anticiper les imprévus les plus farfelus… Ils en sortent épuisés en fin d'après-midi. Jason raccompagne son ami. Sur le perron, ils se serrent la main lorsque, brusquement, Ahmed est saisi d'un doute :

– T'es sûr qu'on n'est pas sur le point de faire une grosse connerie ?

– Comment veux-tu que je te réponde ? soupire Jason avec lassitude. Rien qu'à imaginer la ruée des journalistes devant la grille, là, j'ai envie de me jeter sous mon lit. Et encore, ça, c'est rien, mais quand je vais annoncer à mon père et à ma mère ce qu'on est en train de faire…

Il prend une profonde respiration comme s'il y était déjà.

– Tu comptes leur parler quand ? demande Ahmed.

– Ce soir.

– On avait dit demain.

– Non, ce sera ce soir. Demain, s'il y a deux mille caméras braquées sur moi, j'aurai l'air fin pour leur expliquer ce qu'il se passe.

— Et Chandra, tu la revois quand ?

Jason émet un grognement d'agacement.

— T'as fini de me poser des questions nulles ? Fais ce que t'as à faire et on verra bien ce qui se passera. De toute façon, quand on a dix-huit ans, on a le droit de commettre des erreurs, non ?

— Mouais… à condition qu'elles ne nuisent à personne, réplique Ahmed.

Jason lui adresse un sourire et lui pose une main amicale sur l'épaule.

— Bon, allez, à demain. Dors bien.

— Salut, Jason. La force soit avec toi !

Ils se tapent amicalement le poing en guise de salut, puis Ahmed s'en va. Tout en rentrant chez lui par le métro, le jeune homme balaie ses doutes, qui n'ont surgi qu'à la faveur d'un coup de fatigue. Puis il lance en pensée : *ça va chauffer !*

★★★

Le lendemain, Ahmed ne se rend pas au lycée, mais chez l'un de ses copains qui possède un ordinateur plus puissant que le sien. Il en a profité pour proposer à cette recrue (trop contente de sécher les cours avec lui) de le seconder, moyennant la promesse d'une *éclate d'enfer* ! À eux deux, ils expédient pas moins de cinquante vidéomails aux rédactions des plus grands médias du pays. « Si la France mord, le monde suivra », a assuré Ahmed, ce qui promet un beau tohu-bohu sur le réseau.

Le soir même, Jason reçoit chez lui les premières communications de journalistes qui, perplexes, veulent des précisions sur le communiqué qu'ils ont reçu dans la journée. « C'est une blague ou vous êtes vraiment retourné dans les Bermudes ? » lui demande-t-on. Invariablement, le jeune homme répond en ayant l'air embarrassé : « C'est vrai, mais… Je suis désolé, je ne sais pas si je peux encore en parler. Ce qui s'est passé est trop grave. »

Une autre journée passe. Les demandes d'interviews se multiplient et, manifestement, les investigations journalistiques ont progressé, puisqu'on interroge de plus en plus Jason sur l'implication du gouvernement britannique qui, de son côté, se refuse à toute déclaration. Le garçon demeure réticent, lâchant à l'un ou à l'autre une information judicieusement choisie pour suggérer une affaire de grande ampleur.

Au soir du quatrième jour de l'opération, Jason entre en communication avec Chandra qui se trouve chez elle, à Londres :

— Je suis de plus en plus convaincue que ce n'est pas bien, ce que tu fais, déclare-t-elle. Ravi m'a dit tout à l'heure que ton attitude était désapprouvée jusqu'au sommet du gouvernement. Il est même envisagé de se désolidariser publiquement de toi.

— Pourquoi ? s'insurge son ami. Qu'est-ce que j'ai fait de mal ? Je veux qu'on sache qu'il va arriver une catastrophe planétaire, tu trouves que ça ne mérite pas d'être crié sur les toits ?

— Ce n'est pas l'intention qui est mauvaise, c'est la méthode, rétorque-t-elle avec calme. Tu vas déclencher des polémiques, des malentendus, des rumeurs qui vont terroriser les gens…

Jason s'efforce de maîtriser sa colère car il ne voudrait surtout pas se fâcher avec celle qu'il aime. Mais il n'est pas question de reculer, même pour ses beaux yeux.

— Tu as raison, ce sont nos méthodes qui divergent, reconnaît-il d'une voix apaisée, mais qu'est-ce qui empêche les deux de coexister ? Moi, j'ameute la population et les politiciens et, de leur côté, des diplomates ou des experts comme mon père, voire des chefs militaires, agissent en sous-main et font avancer les décisions.

— Ce n'est pas si simple, objecte la jeune fille avec découragement.

— Alors qu'est-ce que je devrais faire ? Me taire pour éviter les vagues ? Ils ne veulent pas qu'on secoue le cocotier de peur de se prendre une noix de coco sur le coin de la figure. C'est ça, hein ? Je ne te dis pas ça méchamment, Chandra, surtout pas à toi, mais j'ai la rage. J'y peux rien. Les gens de pouvoir n'ont pas le monopole de LA bonne méthode ni le droit de rejeter la mienne sous prétexte qu'elle fait trop de bruit. Écoute, on ne va pas se disputer. Soit tu crois en moi, ou plutôt dans l'avertissement des baleines, soit tu laisses tomber, pas moi bien sûr, mais mon combat. Et tu ne dis plus rien. Qu'est-ce que tu choisis ?

Contrariée, Chandra laisse planer un long silence avant de lâcher froidement :

— Je vais réfléchir.

Jason reçoit ces trois mots comme un coup de poignard.

— De toute façon, ça ne change rien entre nous, hein ?

Les traits fins de la jeune fille se détendent et dans son beau regard noir luit un éclat de tendresse.

— Bien sûr que non. Nous nous reverrons bientôt, quand les choses auront un peu évolué. Il faut que tu saches que mon père, même s'il t'a beaucoup apprécié quand vous vous êtes rencontrés, préfère que je ne te revoie pas prochainement. J'espère que tu ne lui en voudras pas.

— Un peu, mais je le comprends. Il est certain que, dans les jours qui viennent, je vais être infréquentable. Au fait, je passe demain au journal de vingt heures, sur France-TV5, tu me regarderas ?

— Et je t'enregistrerai ! Je t'embrasse, Jason. Et puis, je voudrais aussi que tu saches… (Elle baisse les yeux. Jason fronce les sourcils.) Je t'aime bien. Enfin… je t'aime.

Abasourdi, le garçon reste sans réaction. Quand, enfin, il retrouve l'usage de son cerveau, Chandra lui a déjà souhaité une bonne nuit et a interrompu la communication.

26

Victoire !

Jason a failli ne pas se rendre à l'invitation du journal de France-TV5. Corolline, inquiète de ce retour dans la jungle médiatique, et de concert avec son mari, s'est vigoureusement opposée à son fils. Avant d'en venir à l'interdiction pure et simple et à sa cohorte de conséquences sur les relations familiales, Jason a obtenu que soit organisée une conversation *sérieuse* à trois. Cela a très mal commencé car Jack étant à l'étranger, et il a fallu le tirer du lit en pleine nuit ! Après une heure et demie de discussion houleuse, de larmes et de supplications, le *héros des abysses* a obtenu ce qu'il souhaitait. Mais cette victoire emportée aux forceps lui a laissé un goût amer. Pour se déculpabiliser un peu, il s'est promis de rattraper le coup avec beaucoup de tendresse et une totale transparence sur la suite des événements. De son côté, son père s'est engagé à prendre, dès la semaine suivante, des contacts avec des personnes bien placées à l'ONU. Sa seule exigence a été de ne jamais être cité.

★★★

Le journal d'information commence par les principales nouvelles du jour, puis enfin c'est à Jason de s'exprimer. Il le fait avec clarté et conviction, presque avec *professionnalisme*. Rien ne laisse présager que cette interview puisse tourner au piège. La journaliste demande à son jeune invité de revenir sur le sort tragique de la baleine bleue, prétendument chassée par un braconnier des mers, et de fournir quelques précisions. Jason répond avec tant d'émotion que les larmes lui montent aux yeux à l'évocation de la fin tragique de la Grande Dame. Alors, la présentatrice annonce brusquement :

« Nous avons en vidéocom le directeur du centre d'observation océanique des Bermudes, le docteur Erikson. Bonsoir Docteur, vous venez d'entendre Jason

Bastian. Je crois que vous détenez une information qui devrait le surprendre. »

Le scientifique, un personnage corpulent d'une soixantaine d'années, explique en anglais que la baleine bleue dont a parlé le jeune Français est en parfaite santé. Elle a été repérée et suivie dans son long périple vers les eaux arctiques.

« C'est impossible ! proteste Jason. Elle avait disparu des écrans radar ! »

Sans se troubler, le docteur Erikson enchaîne sur son sentiment concernant le feuilleton qu'il intitule avec sarcasme *Le héros des abysses : le retour* ! Jason s'en trouve intérieurement soulagé pour le sort de la baleine bleue, mais publiquement laminé. « Fabulateur », « gamin en mal de notoriété », voire « dangereux manipulateur »… Son détracteur ne manque pas de qualificatifs pour l'achever.

> « Mais enfin, ce n'est qu'un adolescent, soupire-t-il avec condescendance, victime d'une certaine forme d'ivresse des profondeurs, celle de la réal-célébrité qui fait sombrer les doux esprits dans un abysse d'illusions. (L'homme est visiblement très fier de ses bons mots.) Et puis les médias

ont leur part de responsabilité en privilégiant l'information-spectacle, fût-elle grotesque, sur l'information tout court. »

La journaliste, sentant l'intervention tourner mal pour sa corporation, l'interrompt afin de rendre la parole à Jason, espérant secrètement qu'il perde son sang-froid et provoque un esclandre. Mais le jeune homme se moque bien de donner la réplique à ce personnage suffisant. La seule chose qu'il a envie de faire, c'est sauter de joie. Il se contente de remercier le scientifique de lui avoir appris que la baleine bleue était vivante. Puis il ajoute :

« Vous savez, je ne demande pas à ce qu'on me croie. Je veux au contraire qu'on me prouve que je me suis trompé. Et je vais vous dire, si ça arrive un jour, ce sera comme à l'instant avec la baleine, une merveilleuse nouvelle ! »

Décontenancé, l'expert « prend acte », puis la journaliste passe sans transition aux mauvaises nouvelles climatiques du jour.

★★★

Dès lors, et malgré l'évidente sincérité du jeune héros, c'est la curée. Mais cette fois, Jason ne compte pas baisser les bras. Il affronte tous les quolibets, toutes les insultes, toutes les rumeurs. Dans son combat, il trouve autant de mauvaises langues que d'alliés : associations de défense des animaux et de l'environnement, militants *climatologistes* qui luttent contre l'inconscience des peuples face au péril du réchauffement climatique, etc. Le plus important est qu'il a gagné le cœur de la jeunesse. Elle voit en lui un modèle de courage, une victime du système ou simplement un beau mec plein de convictions, peu importe. Voilà enfin quelqu'un, pense-t-elle, qui s'intéresse à autre chose qu'aux derniers modèles de scoots hydrothermiques, de smartphones ou de fringues high-tech.

Le résultat est une pétition qui s'allonge, démesurément.

— On en est à deux millions trois cent mille, annonce-t-il un soir à Chandra par vidéocom.

— Ce n'est pas assez, dit-elle. À cinq millions, c'est la séance spéciale à l'ONU !

Elle a choisi son camp, celui de Jason, celui de l'action publique. Les politiciens, sans doute soucieux de ne pas prendre le train trop tard, ont finalement décidé d'appuyer plus activement le message de Jason. Ils le font cependant conformément à leurs méthodes, sans vague, avec de belles phrases savamment travaillées, mais avec une certaine efficacité à en croire les sondages d'opinion. Jusqu'au jour où Jason annonce :

– J'ai les cinq millions !

Chandra en applaudit de joie.

– Viens les apporter à Londres !

– Je les fais graver dans un cristal mnémonique et j'arrive. Euh… quand ?

– Voyons… Dans trois jours, le temps que j'organise tout avec papa. Bravo, Jason, tu es magnifique !

– C'est parce que je t'aime, réplique-t-il, radieux.

★★
★

La séance à l'ONU agit comme un détonateur. Le délégué général, s'exprimant au nom de toutes les nations, fait un discours d'une grande habileté, avec juste ce qu'il faut de dramatisation pour émouvoir sans inquiéter. Puis il présente à l'assemblée, dans un coffrage de plastique, le cube translucide de cristal dans lequel sont enregistrées les coordonnées des cinq millions huit cent trente mille pétitionnaires rassemblées par le *héros des abysses*. Dès lors, quelle que soit l'opinion des uns ou des autres, il n'est plus possible de négliger un mouvement d'une telle ampleur. À l'issue des débats, il est décidé qu'une commission d'étude internationale sera créée et dotée d'un budget à la mesure de ses besoins. Et les médias du monde entier répercuteront la phrase historique prononcée au cours de cette même séance par l'un des représentants : « Les générations futures apprendront dans leurs livres d'histoire qu'un jeune de dix-huit ans a gagné, par la seule force de sa volonté, une formidable bataille contre l'irresponsabilité humaine. »

27

L'amour et l'espoir

La commission d'étude mandatée en décembre par l'ONU rend son premier rapport en avril, provoquant la stupéfaction en même temps que l'effroi. En sondant le sous-sol marin, les scientifiques ont découvert une accumulation d'hydrate de méthane évaluée à douze milliards de tonnes. En soi, la nouvelle n'a rien d'inquiétant puisqu'on a répertorié des dizaines de gisements similaires à travers le monde. Ce qui a semé l'émoi, c'est une autre trouvaille faite pas les géologues du groupement d'étude. Ils se sont rendu compte que ce gisement s'étendait sur un vaste plateau sédimentaire, soumis à de puissantes tensions telluriques. En d'autres termes, il est tartiné sur une biscotte qui peut à tout instant se briser en mille morceaux. À chaque glissement de terrain, l'hydrate de méthane serait libéré, formant d'immenses cratères au fond de la mer.

Le docteur Irwin Juskent, chef de la section Interprétation et Prospective, a déclaré devant les représentants de tous les pays du monde que « si ces milliards de tonnes de méthane se dégageaient brutalement dans l'atmosphère, non seulement cela bouleverserait le climat, mais cela risquerait de déclencher, par accélération du réchauffement planétaire, la destruction de nombreux autres gisements d'hydrate de méthane. Les catastrophes s'ajoutant aux catastrophes, nous pouvons même envisager la disparition de notre civilisation telle que nous la connaissons. »

Après lui, un autre savant a donné des précisions qui ont achevé de convaincre les plus sceptiques : « Si un tel scénario arrivait, un changement radical de climat en Europe du Nord pourrait se produire dans moins de dix ans. Vous m'avez bien entendu, je ne me suis pas trompé : il ne s'agit pas d'un millénaire ni même d'un siècle, mais bel et bien d'une décennie ! Le phénomène décrit par nos supercalculateurs est sans équivoque : nous subirons un *basculement climatique*, en partie causé par l'arrêt du Gulf Stream. Cela se traduira par un refroidissement tel que certains pays de l'Atlantique Nord entreront dans un climat arctique en quelques années. Pendant ce temps, au sud, les anomalies météorologiques ne se compteront plus. Imaginez des ours blancs déambulant à proximité d'un village anglais ou des phoques prenant un bain de soleil sur un bloc de glace au large de la Bretagne ! Quelle économie, quelle agriculture serait capable de résister à un tel bouleversement ? Et quand on sait comment les hommes règlent leurs problèmes quand leurs intérêts sont menacés, il y a de quoi frémir ! »

Avec de telles démonstrations, le débat a très vite cessé de porter sur les conséquences d'un tel accident, pour en venir aux mesures de sauvetage. Les spécialistes ont clairement montré la voie : « Seule une coopération mondiale peut permettre de désamorcer cette bombe écologique. » Autrement dit, il faut de l'argent, beaucoup d'argent, et une mobilisation de toutes les compétences, technologies, et autres bonnes volontés que comptent les peuples.

Hélas, tant que la situation n'est pas arrivée à un point critique, avec les premières catastrophes, l'humanité semble bien incapable de s'unir pour agir. Les Américains ont d'emblée annoncé qu'ils n'investiraient pas un seul dollar dans des opérations dont ils n'auraient pas la complète maîtrise. La fédération ASEAN, Chinois en tête, a accusé les Occidentaux de chercher à tirer un profit égoïste du contexte de crise. Les Européens se sont invectivés entre eux sur un positionnement commun face aux autres blocs continentaux. Les Africains se sont plaints d'être mis à l'écart et envisagent tout simplement d'utiliser leur droit de veto pour bloquer toute décision qui ne leur conviendrait pas. Et, heureuse surprise, le gouvernement des Bermudes indépendantes a annoncé que rien ne se ferait sans eux…

★★★

Ainsi arrivent les beaux jours de juin.

Chandra et Jason se promènent main dans la main dans le parc des Tuileries. Cela fait près de trois mois qu'ils ne s'étaient pas revus, pourtant la séparation physique n'a en rien altéré leurs sentiments réciproques, bien au contraire. Chandra accompagne son père, missionné pour une conférence internationale extraordinaire du G12 (réunissant les douze pays les plus industrialisés) qui doit avoir lieu à Paris dans la semaine. Elle explique à son ami que les grands de ce monde vont une nouvelle fois débattre de la grave crise qui secoue les Nations Unies depuis l'*affaire des Bermudes*. Jason, qui bien sûr suit cela de près, se demande ce qu'il peut sortir de positif d'une telle rencontre.

— Ça va encore être la foire d'empoigne, se désole-t-il. Et comme si ça ne suffisait pas à me plomber le moral, reprend-il tristement après un temps de silence, mon père est sur les dents vingt-quatre heures sur vingt-quatre à cause d'une épidémie d'Ebola en Afrique. Du coup, alors qu'il était revenu à la maison, on ne le voit plus qu'en coup de vent, et maman est à nouveau désespérée.

— Et Ahmed ?

— Pour lui, ça va ! Il a créé le mouvement des Ameutiers, qui prône l'entente internationale. Tu imagines le programme.

— Tu vas le suivre, j'imagine ?

— Non, je préfère rester en dehors de tout mouvement, répond le jeune homme avec gravité. J'ai transmis l'avertissement des baleines, aux autres de faire ce qu'il faut.

— Je te sens un peu pessimiste. Tu ne crois pas qu'on finira par y arriver ?

— Si, sûrement que si, dans un siècle ou deux, quand on sera dans les catastrophes jusqu'au cou. À moins que certains n'aient l'idée de déclencher une guerre mondiale pour assurer leur propre survie.

— Tais-toi, Jason, je n'aime pas que tu parles comme ça. C'est vrai que rien ne se concrétise facilement ni simplement, mais je garde confiance.

— Comment fais-tu ?

— Je ne fais pas. Je le veux, c'est tout ! Quant à l'avenir… nous verrons bien.

Ils s'assoient sur un banc. Jason passe son bras autour des épaules de la jeune Anglaise. Après un long moment de silence méditatif, il se décide à lui faire part d'une proposition de son père :

— Papa m'a offert de retourner à Porto Rico avec lui, en juillet.

— Oh, très bien ! Tu es d'accord ?

— Bien sûr ! D'autant que maman sera du voyage. Il a pensé à inviter quelqu'un d'autre.

Chandra retient son souffle.

– Ahmed ? demande-t-elle d'une voix faussement innocente.

– Non. Toi, si tu veux bien.

Un sourire lumineux éclaire le visage de Chandra, qu'une pensée vient cependant troubler.

– Mon père ne voudra jamais me laisser partir.

– Ah ? Ce n'est pourtant pas ce qu'il a dit au mien l'autre jour.

– Tu blagues, Jason ?

– Quoi ! Tu me traites de menteur ? (Elle l'enlace et l'embrasse avec fougue.) Mais avant, nous ferons un petit détour par la Floride.

– La Floride ? Tu veux qu'on aille au parc Disney, à Orlando ?

– Non. Nous rendrons visite au colonel O'Neal sur la base de Key West. On lui doit bien ça, non ?

– Quelle bonne idée !

Et ils s'embrassent à nouveau, puis encore et encore…

★★★

Loin d'ici, et en même temps tout près, une majestueuse baleine bleue émet un long chant, un chant d'amour peut-être, ou d'espoir… ou les deux à la fois.

28

L'appel aux abysses

Quelques jours avant le départ pour la Floride, Jason accorde une interview à une chaîne de web-TV. Elle est enregistrée l'après-midi dans le salon de la maison familiale, et sera diffusée dans le cadre d'une énième émission sur les conséquences du réchauffement climatique. Tandis que les techniciens affinent leurs réglages et que le journaliste s'entretient avec son assistante, Jason attend, confortablement installé dans le canapé. Sa posture décontractée est loin de refléter son état d'esprit. Le regard perdu dans le vague, il laisse sa pensée dériver dans un étrange océan de mélancolie, croisant sans s'y attarder les souvenirs les plus marquants de l'année écoulée. Une image finit tout de même par accrocher son regard intérieur : sa rencontre avec la majestueuse baleine bleue, la Grande Dame, dont il a partagé les angoisses le temps d'une courte danse abyssale. Alors, un profond sentiment de lassitude l'envahit, le découragement face à l'immensité de la tâche qu'il reste à accomplir pour voir enfin la sagesse triompher, c'est-à-dire pour qu'émerge une véritable intelligence mondiale qui saurait écouter et comprendre l'avertissement des abysses. Et puis il songe que l'imminence du péril est telle qu'une simple évolution des mentalités ne saurait suffire. Il fut un temps où les révolutions permettaient de renverser l'ordre des choses mais, hélas ! le plus souvent dans une violence qui amenait à de nouvelles formes de dictature ou d'obscurantisme. Voilà qui n'est guère enthousiasmant…

« C'est bon, nous sommes prêts » annonce tout à coup le journaliste.

Jason lui adresse un bref sourire et s'étonne de remarquer seulement maintenant qu'il paraît guère plus âgé que lui. Il est vrai qu'il ne lui a pratiquement pas adressé la parole depuis qu'il est arrivé avec son équipe de techniciens empressés.

L'interviewer a pris place sur une chaise, près de la caméra montée sur pied, légèrement en retrait de manière à rester hors champ. Jason sourit intérieurement car il leur trouve un air de ressemblance… sans doute leur visage au teint pâle, monté sur un corps fin et droit. Il observe le journaliste en train de consulter une ultime fois ses notes sur une tablette numérique, et le sent nerveux, comme s'il pouvait être impressionné par son invité, ce qui serait absurde… et néanmoins flatteur pour celui-ci.

— Tout va bien ? s'inquiète le journaliste.

— Ça va, répond Jason.

— Parfait.

Il marque une courte pause, se racle la gorge, puis lance l'interview :

— Monsieur Bastian, après les événements très médiatisés qui vous sont arrivés l'an passé, dans les Bermudes, vous êtes devenu une célébrité, je dirais même une *star* pour la jeunesse européenne. (Jason ne le montre pas, mais il n'aime pas trop cet angle d'attaque, trop centré sur sa personne.) Certains vous considèrent même comme une sorte de prophète des temps modernes. Qu'est-ce que cela vous inspire ?

Déconcerté, le lycéen a un haussement de sourcils.

— Ce que ça m'inspire ? répète-t-il. Rien.

— Rien du tout, vraiment ?

— C'est du n'importe quoi, voilà.

— Pourtant, vos prémonitions se sont réalisées.

— Absolument pas ! Je n'ai jamais eu de prémonition, j'ai simplement essayé de communiquer la peur des baleines face à l'imminence d'un événement grave.

— Pourtant, si l'on reprend la définition du dictionnaire, le prophète est celui qui a été inspiré – pas par Dieu dans votre cas – pour prédire l'avenir. Voilà bien ce que vous faites en annonçant les catastrophes qui nous attendent. Au fond, il ne manque que les miracles.

Jason considère son vis-à-vis en se demandant s'il doit se lever pour lui retourner une claque ou, plus pacifiquement, mettre fin à l'interview sous un prétexte quelconque. Il choisit paradoxalement de continuer à lui donner la réplique :

— Finalement, c'est vrai que je suis un peu prophète. Je vais même vous révéler un scoop… (Une lueur de convoitise passe dans l'œil du journaliste.) Nous sommes plusieurs dizaines de milliers de prophètes à travers le monde. (Le sourire se change en rictus de celui qui va se faire avoir.) Scientifiques, militants climatologistes, artistes, responsables politiques… Je pourrais vous donner des noms de journalistes qui prophétisent comme moi, comme nous tous, que l'humanité va connaître de gros ennuis dans les prochaines années. Je peux même vous dire qui les inspire : dame Nature. Il suffit de tendre l'oreille pour l'écouter hurler de douleur. Et si vous saviez l'observer, vous pourriez de surcroît comprendre pourquoi elle va mal. Quant aux miracles…

Jason baisse les yeux et termine d'un air désabusé :

— … j'aimerais bien être capable d'en faire.

Un court silence ponctue cette brillante tirade qui, sans doute, sera coupée au montage. Le journaliste consulte sa tablette numérique, mais la question qui lui vient aux lèvres n'y figure pas :

— Monsieur Bastian, quel va être votre rôle dans le futur de la planète ?

Jason le dévisage, comme s'il était pris au dépourvu. Pourtant, il pourrait donner de nombreuses réponses : militer avec les climatologistes, s'engager dans des études poussées sur la faune océanique pour ensuite devenir chercheur, faire de la politique… Aucune ne résonne dans son cœur, comme si aucune n'avait la moindre chance de se réaliser. Il a plutôt l'intuition que son avenir est ailleurs. Mais où ?

Des mots se forment malgré tout dans sa tête, qu'il articule d'une voix morne :

— Je ne sais pas.

La suite de l'interview passe comme un rêve, dont il ne gardera aucun souvenir.

★★★

Durant la nuit, Jason ne parvient pas à trouver le sommeil. De manière inexplicable, la question du journaliste à laquelle il n'a su que répondre le hante. Quel rôle pourrait-il jouer dans l'avenir du monde ? se répète-t-il comme une litanie. De toute façon, il ne saurait être que négligeable, même si, jusque-là, son action a permis quelques prises de conscience, la mise en œuvre de mesurettes pour lutter contre le réchauffement climatique, ou encore d'alerter sur le problème des réserves instables d'hydrate de méthane. Plongeant dans les profondeurs de son esprit, il lui semble qu'une réponse existe, aussi réelle que l'est la menace tapie au fond des océans. Au cours de cette dérive dans les eaux troubles de son angoisse, il éprouve le besoin impérieux d'appeler à l'aide, non pas sa mère, mais la Grande Dame. Dans cet abysse infini qu'est son univers intérieur, il lance un cri, pareil au chant d'une baleine. Bientôt, une réponse lui parvient, mélodieuse et plaintive, émouvante aux larmes.

Dans sa prière à la Grande Dame, il lui demande de l'aider à formuler cette réponse mystérieuse qui, peut-être, ouvrira un horizon nouveau à son destin. C'est alors qu'il voit la baleine bleue approcher, tel un majestueux vaisseau sous-marin. Elle le frôle, l'observe, semble lui sourire… Jason flotte entre deux mondes comme entre deux eaux : en dessous, s'étend l'obscurité abyssale de l'inconscient où résident toutes les peurs, toutes les questions non résolues et, sans doute aussi, toutes les réponses. Au-dessus, c'est la lumière aveuglante, le bruit et le mouvement, la surface où s'annonce la prochaine tempête. Une oppression, si souvent éprouvée, lui comprime le plexus et le fait suffoquer. Dans son rêve, il se voit en train de se noyer. L'air libre l'appelle ! Pourtant, malgré sa douleur et son extrême frayeur, il décide de ne pas remonter, et même de se laisser sombrer.

La baleine bleue entonne alors un chant, d'abord puissant, puis qui se perd dans le lointain jusqu'à disparaître. Pris de panique, Jason la cherche du regard. Et la retrouve. Il la voit légèrement inclinée sur le côté. Tel un bateau qui coule, elle s'enfonce vers l'abysse. L'adolescent prend soudain conscience qu'il doit remonter, vite ! Tout de suite ! Et respirer, car il doit vivre, poursuivre sa route, achever son œuvre, quelle qu'elle soit.

Il se réveille en aspirant une grande goulée d'air, comme après une longue apnée. Il reste ensuite assis sur son lit, bouleversé, épuisé, haletant… et sans réponse.

29
La surprise attendue

Finalement, Ahmed est du voyage, avec sa nouvelle copine qu'il a qualifiée lui-même de « c'est-du-sérieux-cette-fois ». On le croit aisément en constatant les efforts qu'il déploie pour paraître posé, attentionné, maître de ses paroles comme de ses gestes. Il ne détonne presque plus avec le couple réellement posé, attentionné… bref, sage, que forment Chandra et Jason. Ahmed fait quand même remarquer à son copain, le soir de leur arrivée en Floride, qu'il manque un peu d'enthousiasme et même, parce qu'il le connaît mieux que quiconque, qu'il accuse une nette baisse de moral.

— Ne t'inquiète pas, c'est l'air de la mer qui me rend mélancolique, explique Jason.

— Ah ? Ça te rend mélancolique, l'air de la mer ? Moi, ça me rend amoureux.

Ils échangent un sourire, puis rejoignent Jack, Corolline et leurs deux amies qui prennent le frais au bord de la piscine de l'hôtel.

★★
★

Le lendemain matin, le petit groupe se rend à la base militaire de Key West où les attend le colonel O'Neal. Dans le salon d'accueil de la base, après les présentations, les sourires et les rires polis mais toutefois chargés d'une certaine émotion, le militaire leur propose un rafraîchissement au mess des officiers. Il s'exprime en américain, sans trop se préoccuper des difficultés de compréhension de ses hôtes, ce qui oblige Chandra à traduire ses propos au fur et à mesure, surtout à l'intention des garçons.

« Mais avant, j'ai quelque chose à vous montrer » ajoute-t-il en fixant Jason avec une expression bizarre, comme s'il pouvait s'agir d'une mauvaise surprise.

Tous le suivent à travers un dédale de couloirs jusque dans une salle à l'équipement ultramoderne, digne d'une tour de contrôle. Là, des opérateurs, casque vidéo devant les yeux, peuvent scruter jusqu'à un quart de la surface de la planète autour de la base. Le colonel désigne l'un des pupitres, sur lequel se dresse un écran plat affichant un monochrome d'un azur resplendissant. Jason échange un regard avec Chandra qui paraît tout aussi anxieuse que lui.

— Voilà, commence l'officier en se positionnant à gauche de la console, comme s'il était en démonstration. Depuis une dizaine de jours, nous suivons la progression sud-nord d'un groupe d'une dizaine de rorquals. Quelques miles en arrière, suit une énorme baleine bleue. D'après sa carte d'identité physionométrique, il s'agirait de cette baleine…

Il s'interrompt brièvement, avant de reprendre en fixant le lycéen :

— Pour faire simple, il s'agit de votre Grande Dame, Jason.

Le commandant de la base se penche vers l'écran tactile et, d'un frôlement d'index, fait apparaître des icônes, puis il clique sur l'une d'elles. La dalle redevient bleu uni, mais elle affiche à présent en son centre deux silhouettes fuselées, l'une apparaissant trois fois plus petite que l'autre.

— Elle n'est pas seule, remarque Jack.

— En effet, confirme le colonel. Un jeune mâle l'escorte. Ensemble, ils sont en train de traverser la mer des Sargasses, au large des Bahamas. D'après ce que nous avons pu constater, ils avancent de plus en plus lentement. La Grande Dame se laisse parfois flotter des heures, dans une immobilité presque complète, tandis que l'autre sonde ou bien circule alentour.

— Ce qui signifie ? demande le père de Jason.

— Qu'elle est très fatiguée… ou qu'elle attend quelque chose.

Ahmed ne met pas longtemps à exprimer à voix haute ce que chacun pense :

— Jason, c'est toi qu'elle attend !

— Arrête, je t'en prie ! réplique son ami.

Ce n'est pas l'absurdité du propos qui dérange le jeune homme mais, au contraire, sa pertinence. Car depuis le départ de Paris, il n'a pas cessé d'éprouver l'impression qu'il se rendait à un rendez-vous avec un personnage autrement plus important que le colonel O'Neal. Cette sensation aurait pu être liée au désir ou à l'espoir de voir se réaliser sa prière, formulée l'autre nuit après l'interview télévisée. En vérité, il ne s'est même pas posé la question. Il n'y avait aucune place pour le doute dans les nébulosités de son subconscient.

Apprendre que la baleine bleue est revenue dans les Sargasses, alors qu'elle devrait se trouver à des milliers de kilomètres, n'est donc pas une surprise pour lui. En revanche, il redoute terriblement ce que cela peut signifier.

Après un pesant silence, le colonel demande à brûle-pourpoint :

— Jason, souhaitez-vous vous rendre sur place ?

Corolline blêmit et, dans un geste naturel de protection, saisit le bras de son fils. Celui-ci se tourne pour lui adresser un regard qui se veut rassurant :

— Je ne sais pas, répond-il. Qu'est-ce que tu en penses, maman ?

Désemparée, la femme se tait, comme écrasée par un affreux dilemme.

— C'est impossible, finit-elle par répondre, nous devons prendre un avion pour Porto Rico demain matin, et…

Elle s'interrompt et les larmes noient ses grands yeux noirs. Son mari décide d'intervenir :

— À quoi cela servirait-il ? Je doute que cette baleine ait un nouveau message à te transmettre, Jason.

— Je crois exactement le contraire, le contredit l'intéressé avec une placide assurance.

— Explique-toi, demande le médecin, aguerri à accuser les coups les plus inattendus.

Jason baisse le regard, esquisse un sourire, puis répond :

— Si je te disais que j'avais pris rendez-vous avec des extraterrestres, tu ferais quoi ? Te connaissant, je ne pense pas que tu me donnerais une claque pour m'apprendre à me fiche de ta figure. Je crois plutôt que tu dirais : « bon, d'accord, allons voir ça », parce que tu saurais que ce serait le meilleur moyen de me ramener sur Terre, et qu'il serait stupide, voire néfaste de me contredire. Je me trompe ? (Jack reste de marbre.) Maman me proposerait le psy. Quant à Ahmed…

Il regarde son copain qui lui ravit la parole pour la suite :

– Moi, je te ficherais une baffe, juste histoire de te réveiller.

– C'est ce que j'allais dire. Mais je peux t'affirmer que tu ne le feras pas, parce que les extraterrestres…

Jason se tourne vers l'écran, et désigne de l'index les deux ombres oblongues qui se côtoient.

– Ils sont là !

C'est à ce moment que Chandra intervient pour exprimer sa propre inquiétude :

– Plongeras-tu ?

Son ami réfléchit quelques secondes avant de donner son sentiment :

– Si je le fais, ce ne sera pas à soixante mètres.

Jack interpelle le commandant de la base :

– Et vous, Colonel, qu'en pensez-vous ?

L'officier a un sourire en coin avant de répondre :

– J'ai réservé pour vous un de nos hydravions, de type Neptune 630. Il est prêt à décoller, et moi à vous accompagner, si vous le voulez bien.

30

La Grande Dame tire sa révérence

Elle n'a pas bougé. Depuis douze heures, sa position n'a pas changé d'un centième de degré, à tel point que Jack se demande si elle n'est pas morte.

« Nous sommes sûrs qu'il y a cinq minutes encore elle respirait » répond le colonel O'Neal.

Ils viennent tous d'embarquer dans le véhicule militaire chargé de les conduire à l'aérodrome où les attendt le Neptune 630. Cet engin est un énorme transporteur, dont les quatre réacteurs (avant et arrière) peuvent pivoter pour des vols stationnaires d'une incroyable stabilité, et des amerrissages en douceur. Ahmed et son amie vivent cet imprévu comme une formidable aventure. Du coup, ils ont beaucoup de mal à rester comme leurs compagnons, silencieux, préoccupés, concentrés, comme s'ils se rendaient sur les lieux de quelque événement dramatique. Les passagers bénéficient du confort d'une cabine à trente sièges, digne des meilleures compagnies aériennes. Ils ont même un steward pour leur servir repas et rafraîchissements.

Jason, assis du côté des hublots, contemple l'océan qui se pare peu à peu de myriades de diamants étincelant au soleil levant. On pourrait croire que son cerveau bouillonne de pensées plus anxiogènes les unes que les autres. En vérité, il est serein. L'esprit vide, flottant dans une étrange atmosphère azurée comme l'océan. Entre ses mains, il sert celle que Chandra lui a confiée depuis le décollage. Elle ne parle que très peu, s'interrogeant de son côté sur le sens de ces faits nouveaux. Après deux heures de vol, elle s'enhardit à demander :

— Que ressens-tu ?

Jason tourne la tête pour la dévisager avec tendresse.

— De l'amour.

— Non, je ne te parle pas de moi…

— De l'amour, répète le jeune homme. C'est ce qui m'habite, rien d'autre, mais ça vaut pour tout.

★★★

Enfin, après deux nouvelles heures de vol, l'hydravion arrive sur zone. Le colonel O'Neal explique alors qu'ils sont à environ un mile de la baleine bleue. Il propose de mettre un canot pneumatique motorisé à la disposition de Jason, ainsi que l'équipement qu'il souhaite. Il précise que deux militaires, formés à la plongée sous-marine, vont l'accompagner, et que deux autres personnes peuvent se joindre à l'expédition.

— Pas plus malheureusement pour ce type d'embarcation, explique-t-il, mais si cela vous paraît nécessaire, je peux en faire préparer une ou deux autres.

Jason hoche négativement la tête :

— En fait, Colonel, je préfère y aller seul, répond-il. Hormis, bien sûr, vos hommes.

— Seul ! s'exclame son père. Tu es sérieux ?

— Absolument !

— Alors c'est non !

— Je te l'ai dit, papa, je n'ai pas l'intention de descendre à soixante mètres.

— Si je ne suis pas avec toi, tu n'iras même pas à soixante centimètres. Et là, je te jure que je ne céderai pas.

Malgré la dureté de ce refus, Jason ne paraît pas déstabilisé.

— En fait, Colonel, dit-il, je n'aurais besoin que d'une paire de palmes et d'un tuba.

S'adressant à son père :

— Tu es rassuré ?

Sentant monter la colère, le médecin préfère garder le silence. Il se tourne vers Corolline, comme pour l'inciter à donner son avis.

— Si je viens, moi, propose cette dernière, l'accepteras-tu ?

— Le problème n'est pas là, maman. C'est simplement que… Je ne sais pas comment vous le dire. J'ai seulement besoin que vous me fassiez confiance. Il ne faut pas chercher à comprendre. Je vais aller à la rencontre de cette baleine, parce que, peut-être, il va se passer quelque chose entre elle et moi, ou peut-être pas. En tout cas, je suis sûr de ne pas avoir besoin de plonger en profondeur et que c'est important que je sois seul. Je vous promets de ne prendre aucun risque. De toute façon, les plongeurs du colonel seront là, prêts à intervenir si je disparaissais de la surface plus de trente secondes. Voilà. J'ai votre autorisation ?

Après une dernière hésitation, ses parents lui donnent cet accord que, de toute façon, ils savaient ne pas pouvoir lui refuser.

★★★

Moins d'une heure plus tard, Jason, assis sur la banquette avant du canot pneumatique, aperçoit à une centaine de mètres un dos affleurant la surface de la mer, pareil à rocher noir, luisant d'humidité. En anglais, il demande au militaire qui tient la barre de ne pas approcher trop près du cétacé pour ne pas l'effrayer avec le moteur, ce à quoi l'homme lui précise que la turbine qui les propulse à la vitesse d'un hors-bord a été conçue, justement, pour n'émettre qu'un minimum d'ondes sonores perturbatrices. L'approche finale se fait quand même à la rame.

Le silence est entrecoupé par les puissants souffles de l'énorme masse vivante. Dans un calme étrange, presque oppressant, Jason a enfilé sa combinaison grise. Il se prépare à plonger en humidifiant son masque. Ses doigts tremblent et son cœur bat la chamade, si fort qu'il doit prendre plusieurs profondes inspirations avant de basculer en arrière dans la mer. Une fois immergé, tout son corps se détend et une bouffée de joie l'envahit. Il a retrouvé son élément.

Battant doucement des palmes, il progresse vers le mastodonte qui se laisse flotter à la surface. La tentation est grande de le toucher, d'essayer de capter de la main la chaleur de son corps. Il décide de se porter à hauteur de son œil gauche, niché au-dessus de la commissure de sa monstrueuse bouche à fanons. Durant un moment, rien ne se passe, sans qu'il puisse deviner si la baleine dort ou est indifférente à sa présence. Enfin, il distingue un léger frémissement dans cet œil à la fois énorme et si petit comparé à la masse du corps. Une ou deux minutes s'écoulent encore, puis, d'un léger mouvement de queue, la Grande Dame se déplace. Jason éprouve une intense et inexplicable émotion, parce qu'il a la certitude d'avoir établi le contact avec elle. Dans le même temps, une inquiétude lui vient car elle s'éloigne. Doit-il la suivre ? Va-t-elle s'en aller, comme on s'écarte d'un importun ? Ces questions lui inspirent un désarroi contre lequel il s'efforce de lutter, se disant que, déjà, il a beaucoup obtenu.

Il choisit de ne pas bouger.

Après s'être laissé porter sur une centaine de mètres, la Grande Dame oblique vers la gauche, puis s'immobilise à nouveau. Jason conserve sa propre inertie, sa tête affleurant la mer d'huile. Il respire par le tuba avec régularité, ferme les yeux pour se concentrer sur ses sensations les plus intimes, mais force lui est de constater qu'il ne ressent rien, ne capte aucun message, ne reçoit aucune image d'un intérêt particulier… Il pourrait être seul au milieu de cette mer que cela ne changerait rien. Il n'éprouve pourtant aucune déception.

Cette singulière confrontation silencieuse, à distance, paraît vouloir s'éterniser, quand enfin la baleine change de position, avec une excessive lenteur. Jason l'observe, intrigué. L'énorme corps du rorqual s'incline vers l'avant à mesure qu'il descend.

Poussé par l'appréhension plus que par la curiosité, Jason se met à palmer, se rendant compte que le froid commence à lui engourdir le corps. La baleine poursuit sa plongée, sans le moindre mouvement visible de sa nageoire caudale. Le jeune homme la voit maintenant s'incliner sur le côté droit, tel un paquebot prenant de la gîte. Elle n'est pas en train de sonder, se dit-il. C'est alors qu'avec horreur, il comprend ce qu'il se passe. Son cœur et sa respiration s'accélèrent, l'obligeant à sortir la tête hors de l'eau et à ôter son tuba. Et, de sa bouche libérée, sort un cri, puis des râles de suffocation.

Alertés, les militaires américains remettent le moteur du canot en marche afin de se porter au plus vite à son secours.

— Qu'est-ce qui vous arrive ? s'écrie l'un d'eux en anglais.

Son collègue saute à l'eau pour soutenir le jeune homme en détresse, qui est bientôt hissé dans l'embarcation. Non loin de là, une baleine fait surface, projetant à trois mètres au-dessus d'elle un souffle chargé de vapeur d'eau.

— C'est elle ? C'est la baleine bleue ? demande Jason, plein d'espoir.

— La jeune oui, répond l'un des militaires. L'autre a disparu.

Jason ferme les yeux. Ses larmes se mêlent à celles de l'océan.

Épilogue

À un mile de là, dans le poste de pilotage de l'hydravion, les parents et les amis de Jason assistent sur un écran de contrôle à la scène, en direct grâce à la caméra d'un drône-hélicoptère envoyé peu avant par le colonel O'Neal.

– Je ne comprends pas ce qui se passe, s'inquiète Corolline.

– On dirait que la Grande Dame a tiré sa révérence, répond l'officier américain. Et, d'après ce qu'on peut observer, son jeune compagnon aussi.

Il est, à cet instant, persuadé que la baleine bleue a faussé compagnie au Français, tandis que le jeune mâle s'en va rejoindre ses sœurs au nord. Quelques jours plus tard, il apprendra, par un groupe d'étude scientifique qui suivait en continu les évolutions de la Grande Dame à travers l'Atlantique, qu'elle n'est jamais remontée de sa dernière plongée.

⁂

De retour dans l'hydravion, malgré les sollicitations, Jason garde le silence sur cette nouvelle et très singulière expérience aquatique. Une fois revenu sur la terre ferme de Floride, il demande qu'on ne le questionne pas, faisant même jurer à Ahmed de garder le secret sur l'événement.

— Pourquoi ? lui demande ce dernier, étonné de cette méfiance qu'il trouve injustifiée.

— Parce que ça n'a de signification que pour moi seul.

En revanche, il a décidé de se confier à Chandra, quand ils auront rejoint Porto Rico, qu'il aura digéré le choc émotionnel et, surtout, qu'il aura achevé de remettre ses idées en ordre.

⁂

Ainsi, un soir, à l'issue d'un dîner de fruits de mer somptueux, Jason propose à sa compagne de se rendre au bout d'une jetée rocheuse pointant plein ouest vers un soleil couchant de carte postale. Une fois assis sur un banc opportunément installé face à la mer sur une courte plate-forme bétonnée, il lui annonce qu'il va lui révéler ce qu'il a retenu de son ultime rencontre avec la Grande Dame.

Il commence en lui rappelant le tourment que lui a causé la question du journaliste de web-TV à propos de son rôle dans le futur de la planète, question à laquelle il n'a pas su répondre. Il poursuit en lui confiant combien fut éprouvante la nuit suivante, entre les ruminations mentales et un énième rêve de noyade. Et puis, cette prière qu'il a adressée à la baleine bleue, comme à une mère défunte, afin qu'elle l'aide à découvrir SA vérité, cette lumière intime qui saurait éclairer la voie de son accomplissement.

– Je n'ai jamais douté qu'elle m'avait entendu, poursuit-il, même si ça me paraissait évidemment stupide. J'étais tranquille, vraiment… peut-être un peu triste aussi. Quand, hier, le colonel O'Neal nous a appris qu'elle était là, comme en attente, tu imagines ce que j'ai pu ressentir…

Il marque une longue pause, comme s'il revivait avec une acuité douloureuse chaque seconde de sa dernière rencontre avec la messagère de la nature. Son amie l'observe, avec patience et tendresse, profondément touchée par la confiance qu'il lui témoigne en cet instant.

— Dis-moi, Chandra, comment comprendrais-tu ce qu'il s'est passé avec cette baleine ? l'interroge-t-il.

— Je ne sais pas. Il n'y a que toi qui puisses le dire.

— Elle est revenue dans la mer des Sargasses pour y mourir et, comme par hasard, à l'heure même où je m'y trouvais. Ça doit bien avoir un sens, non ?

— Parce que tu ne l'as pas trouvé ? s'étonne la jeune fille.

Jason marque un long silence avant d'avouer, baissant le regard :

— Si, mais ça me fait peur.

— Dis toujours.

— Avec la Grande Dame, ce sont mes doutes et mes peurs qui ont sombré dans l'abysse. J'ai compris – en fait, le terme exact serait *accepté* – qu'il ne me restait plus qu'à prendre ma décision.

— Je ne comprends pas. Quelle décision ?

— Celle d'avoir un avenir. Je ne sais pas si tu t'en es aperçu, mais le pessimisme a failli tuer mon envie de m'intéresser au futur, non seulement à celui du monde, mais aussi au mien propre. Finalement, j'ai décidé que ça valait le coup d'agir pour la planète.

— Est-ce que tu as une idée de ce que tu vas faire ?

— Oui, et depuis longtemps, enfin… disons depuis quelques mois. Je compte lancer un appel à ceux qui sont comme moi. Je vais essayer de les rallier autour d'une idée simple : que ceux qui ont envie d'avoir un avenir le disent ! Parce que le monde, tel qu'il est géré, n'en a pas.

— Tu veux créer un mouvement ?

— Sûrement pas ! Il y en a déjà des centaines. Je ne veux être qu'un porte-voix, en me servant de la notoriété que j'ai acquise grâce aux baleines. Le premier objectif sera d'obtenir qu'on s'occupe sérieusement du problème des hydrates de méthane, et plus globalement de notre adaptation au réchauffement climatique.

— Ce sera peut-être plus difficile que tu ne le penses, tente de le tempérer Chandra, qui perçoit déjà les écueils d'un tel engagement.

— Ne t'inquiète pas. Je suis lucide. Je sais que j'entre dans le monde du rêve. Mais c'est justement ce que je veux : lancer un rêve, un rêve d'avenir. Je vais faire écrire, chanter et crier partout sur la planète que c'est en rêvant qu'on fait avancer la réalité, et que c'est par la volonté qu'on réalise les utopies. Avec le mouvement d'Ahmed, les Ameutiers, et les centaines d'autres qui le voudront bien, je vais utiliser toutes les formes de médias possibles. Par exemple, je vais provoquer des rassemblements de jeunes monstres… enfin, je veux dire, des rassemblements monstres… de jeunes! Je vais faire signer des pétitions mondiales et exercer une pression si forte sur les politiciens et les grands décideurs qu'ils seront obligés d'agir autrement. Et peut-être même finiront-ils par penser différemment. Il va falloir avoir la foi, soupire-t-il, déjà dépassé par ces perspectives. Qu'est-ce que tu en penses ?

Chandra le dévisage longuement, puis répond, presque en murmurant :

– Tu me rappelles quelqu'un.

– Un mec bien, j'espère.

– Gandhi.

Jason reste interloqué, comme soufflé par une révélation.

– Tu as raison, c'est ça ! Un petit bonhomme de rien du tout capable de soulever des montagnes. C'est exactement ça ! Le voilà, mon modèle !

— Il a été assassiné, rappelle la jeune fille, le cœur serré.

La remarque refroidit brutalement les ardeurs du *héros des abysses*. Mais il retrouve vite le sourire.

— On fait des gilets pare-balles très tendance, aujourd'hui.

Il enlace Chandra et l'embrasse, heureux, fabuleusement heureux de croire à nouveau en l'avenir de l'humanité.

★★★

Ainsi, Jason Bastian tentera d'initier un mouvement de jeunesse d'une ampleur inédite. Ensuite, à tout moment, sur un simple mot d'ordre diffusé en quelques minutes sur l'ensemble du RNP, il pourra mobiliser les foules afin qu'elles se rassemblent devant des ministères, des ambassades, des sièges de multinationales… et exercent de la sorte, sans une once de violence, une pression formidable sur les décideurs de la planète.

Peut-être qu'à force de se faire entendre, le bon sens finira par résonner dans le cerveau des grands décideurs. Peut-être que l'humanité, gagnée par la *contamination positive*, réussira à adopter les bons gestes d'une gestion sage et équitable des ressources.

Peut-être même qu'un jour on se demandera comment on a pu, jusqu'au premier tiers du vingt et unième siècle, traiter la planète, notre mère nourricière, avec autant de désinvolture.

Alors, on pourra affirmer que l'avertissement des abysses n'aura pas était vain.

FIN…

«Que ceux qui veulent un avenir le disent et le répètent ! Ils finiront par se faire entendre !»

Jason Bastian

(extrait d'un discours prononcé devant deux millions de jeunes, un certain jour d'août 2038, à la date anniversaire de l'avertissement des abysses)

ANNEXE

FONDATION NICOLAS HULOT POUR LA NATURE ET L'HOMME

Créée en 1990, la Fondation Nicolas Hulot pour la nature et l'homme est reconnue d'utilité publique, apolitique et non confessionnelle. Porteuse d'une vision renouvelée de la prospérité et du progrès, la Fondation est convaincue qu'il faut engager une métamorphose de nos sociétés vers des modèles basés sur la préservation du patrimoine naturel, l'accès équitable des ressources, la solidarité et le respect de la diversité sous toutes ses formes. Elle s'est donnée pour mission d'engager la transition nécessaire pour y parvenir, en faisant émerger des solutions concrètes et en incitant au changement des comportements individuels et collectifs.

Son action s'articule autour de trois mots-clés :

Soutenir • Grâce à son réseau d'associations partenaires et à son alliance avec l'Union nationale des centres permanents d'initiatives pour l'environnement (UNCPIE), elle soutient et valorise, en France comme à l'international, des initiatives porteuses d'avenir et encourage l'action de la jeunesse.

Proposer • Avec ses experts pluridisciplinaires et en lien avec son Conseil scientifique, la FNH mène des activités de lobbying d'intérêt général qui se traduisent par une veille sur les politiques publiques touchant aux enjeux écologiques, l'élaboration et le portage de propositions auprès des pouvoirs publics.

Mobiliser • Pour que chacun devienne moteur de la transition, la FNH élabore des campagnes de mobilisation citoyennes et construit des outils pour donner les moyens d'agir au quotidien.

ONG environnementale représentative, la Fondation siège dans plusieurs organismes consultatifs tels que le Conseil économique social et environnemental ou le Comité national de la transition écologique.

Depuis janvier 2019, la FNH est présidée par Alain Grandjean, docteur en économie de l'environnement reconnu pour ses travaux en faveur de la transition écologique, et Nicolas Hulot, désormais président d'honneur.

Fondation Nicolas Hulot
6 rue de l'Est
92100 Boulogne-Billancourt
01 41 22 10 70
www.fnh.org

RESTER VIVANT

La collection **RESTER VIVANT** est constituée de nouvelles et de romans qui parlent du monde d'aujourd'hui, en abordant sans détour les questions écologiques, sociales et éthiques qui émergent au sein de la société dans laquelle nous évoluons. Elle s'adresse en priorité aux pré-ados, aux ados... et plus généralement à tous les lecteurs qui résistent encore à l'asservissement des esprits, quel que soit leur âge. Ces livres ont pour ambition, en plus d'attiser l'imaginaire du lecteur, d'éveiller son sens critique et de poser un regard incisif sur nos comportements individuels et collectifs.

RESTER VIVANT

https://www.facebook.com/collection.restervivant/

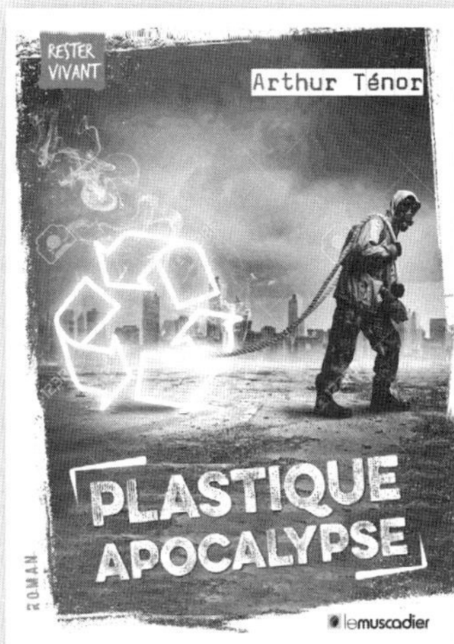

80 pages • 14 × 19 cm
9,50 € TTC
Parution : juin 2018
ISBN : **979-10-96935-09-3**

À l'origine, le Plastivorax était une formidable avancée en biotechnologie. Côté pile, on allait traiter sans résidu ni pollution tous les déchets en plastique de la Terre. Côté face, son inventeur empocherait des milliards de dollars. Mais c'était sans compter avec le petit détail qui tue. *Une broutille que refusa de voir cet apprenti sorcier qui croyait tout maîtriser, jusqu'aux lois de la nature. Résultat : rien moins que la fin du monde – enfin… tel que nous le connaissons.*

392 pages • 14 × 19 cm
16,50 € TTC
Parution : octobre 2017
ISBN : **979-10-90685-16-1**

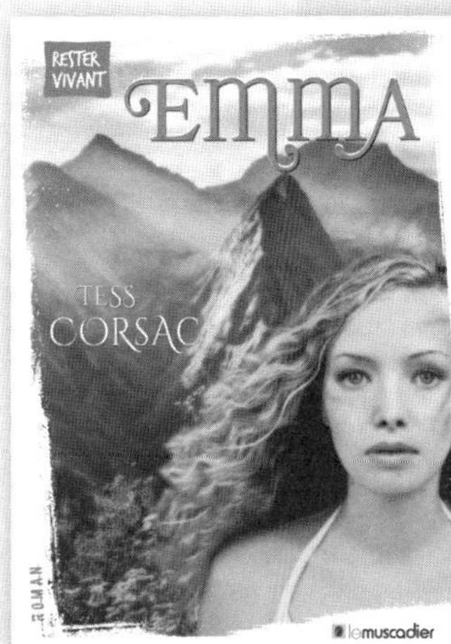

*Emma est le nom que porte le bourreau de l'espèce humaine. En décimant la population mondiale, ce virus a profondément modifié la définition même d'*humanité. *Dans un monde où la confiance en l'autre a disparu, Emma a changé tous les repères des survivants.*

Ici, pas de monde à sauver, mais une humanité à tenter de garder vivante, et un sens à trouver dans cet univers d'injustices. Un monde allégorique que le lecteur découvrira à travers le regard d'une jeune fille marchant dans les restes d'une civilisation brisée par la peur de la souffrance et de la mort.

Quel adulte peut-on devenir dans une société qui ne voit plus l'humanité comme un acquis, mais comme un privilège vulnérable ?

216 pages • 14 × 19 cm
13,50 € TTC
Parution : mai 2019
ISBN : **979-10-96935-32-1**

Pourquoi Manon, 16 ans, réputée pour être une fille très sage, s'est-elle enfuie de chez elle un soir de juin ? Pourquoi sa mère a-t-elle attendu si longtemps avant de signaler sa disparition ? Pourquoi Salomé, qui était pourtant sa meilleure amie, n'a-t-elle plus aucune nouvelle d'elle ? Et pourquoi Valentin ne veut-il pas révéler jusqu'où il a accepté d'aller par amour pour Manon ?

Si chacun confie ce qu'il sait, peut-être percera-t-on, au final, l'énigme de cette étrange disparition – celle d'une jeune fille qui rêvait juste d'être elle-même, en toute liberté.

184 pages • 14 × 19 cm
12,50 € TTC
Parution : octobre 2019
ISBN : **979-10-96935-38-3**

L'univers de Damien bascule le jour où il apprend, d'une part, que les Américains ont élu Donald Trump à la tête des États-Unis et, d'autre part, que sa mère envisage de refaire sa vie avec un psy qui anime une émission de radio destinée aux adolescents.

Entouré de ses amis proches, des lycéens connectés en permanence, il va tout faire pour tenter de discréditer le psy aux yeux de sa mère... jusqu'à commettre l'acte de trop et frôler la folie à son tour.

RESTER VIVANT

https://www.facebook.com/collection.restervivant/

168 pages • 14 × 19 cm
12,50 € TTC
Parution : mai 2019
ISBN : **979-10-96935-31-4**

Guyane 1916. Bagne de Saint-Laurent-du-Maroni.

Juliette, 16 ans, est la fille du commandant du pénitencier. Elle est fiancée à un officier deux fois plus âgé qu'elle pour lequel elle n'éprouve aucun sentiment amoureux. Roméo, 22 ans, est un bagnard condamné aux travaux forcés. Franc et charmeur, il est souvent victime de son incorrigible impétuosité. Tout les sépare mais, un soir, leurs destins se croisent.

Un amour impossible ? Et pourtant...

Dans ce roman plein de surprises et de rebondissements, Yves-Marie Clément revisite le Roméo et Juliette *de Shakespeare, et plonge ses lecteurs et ses lectrices dans une version tropicale de cette ode à l'amour qui invite à transcender les différences.*

192 pages • 14 × 19 cm
12,50 € TTC
Parution : octobre 2017
ISBN : **979-10-90685-97-0**

Au cœur de la forêt amazonienne, en Guyane, une mission scientifique destinée à éradiquer les moustiques tourne mal. Le GENIBE, puissant insecticide, entraîne des mutations dans la nature et le réveil de Zagapoï – l'Esprit de la jungle. L'expédition se transforme alors en cauchemar. Les membres de l'équipe scientifique échapperont-ils au pire ?

104 pages • 14 × 19 cm
10,50 € TTC
Parution : février 2019
ISBN : **979-10-96935-25-3**

Un deal gagnant-gagnant entre sponsors et managers éducatifs pour des collèges enfin performants… De courageux vigiles prêts à donner leurs vies pour défendre le monde libre des consommateurs contre des hordes de pilleurs sauvages… Des manipulations génétiques qui échappent à leurs créateurs et donnent vie à de si émouvants gloutons capables de tout ingurgiter… Une façon rationnelle et scientifique de résoudre les problèmes de l'obésité et du traitement des déchets…

Consommez en toute quiétude, braves gens ! Gavez-vous sans scrupule ! Goinfrez-vous tant qu'il y en a ! Et si, après ça, il vous reste malgré tout un peu de temps de cerveau disponible, surtout ne vous mettez pas à réfléchir aux conséquences de vos actes : vous risqueriez de tout vomir jusqu'à vos derniers neurones !

80 pages • 14 × 19 cm
9,50 € TTC
Parution : juin 2018
ISBN : **979-10-96935-08-6**

Yvon et P'tit Louis n'ont pas la même vision du monde. Le père d'Yvon est paysan – ou plus exactement exploitant agricole *: c'est un chef d'entreprise fier de sa terre, de ses gros tracteurs, de ses beaux fusils de chasse… et de sa grange pleine de produits phytosanitaires. Le père de P'tit Louis, lui, est ouvrier à l'usine du coin et travaille toutes les nuits… ce qui laisse au jeune garçon tout le loisir de s'intéresser aux activités mystérieuses d'un groupe d'activistes qui squatte près de chez lui.*

Pourtant, les destins d'Yvon et de P'tit Louis vont se croiser, et chacun va apprendre, à sa manière, l'importance de savoir, parfois, désobéir aux règles.

Pour aller plus loin,
flashez le QR code ci-dessous

ou rendez-vous à l'adresse
https://www.muscadier.fr/catalogue/
lavertissement-des-abysses/

Ce livre est imprimé sur un papier composé de fibres naturelles, renouvelables
et recyclables, fabriqué à partir de bois issu
de forêts qui adoptent un mode de gestion responsable et durable
– respectueux de la biodiversité, des équilibres écologiques
et de la stabilité économique des populations locales.

Achevé d'imprimer par
l'imprimerie Laballery à Clamecy (58)

Loi n° 49-956 du 16 juillet 1949 sur les publications destinées
à la jeunesse, modifiée par la loi n° 2011-525 du 17 MAI 2011

Dépôt légal : octobre 2019 – N° d'impression : 909374

Imprimé en France